MONSTER HOLE

FUSION FANTASTIC STORY

킹메이커 장편 소설

몬스터 홀

몬스터 홀 8

킹메이커 장편 소설

초판 1쇄 찍은 날 § 2015년 5월 12일
초판 1쇄 펴낸 날 § 2015년 5월 19일

지은이 § 킹메이커
펴낸이 § 서경석

편집책임 § 이재림

펴낸곳 § 도서출판 청어람
등록번호 § 제387-1999-000006호
등록일자 § 1999. 5. 31
어람번호 § 제1-2125호

주소 § 경기도 부천시 원미구 부일로 483번길 40 서경B/D 3F (우) 420-822
전화 § 032-656-4452 팩스 § 032-656-4453
http://www.chungeoram.com
E-mail § chungeorambook@daum.net

ⓒ 킹메이커, 2014

ISBN 979-11-04-90232-1 04810
ISBN 979-11-316-9279-0 (세트)

MONSTER HOLE

FUSION FANTASTIC STORY

킹메이커 장편 소설

몬스터 홀

8

[완결]

CONTENTS

제1장
생존 II

　　다코타 의장은 의심스러운 눈으로 앞에 서 있는 성준을 바라보았다. 당연한 일이다. 이 별에서 처음 보는 인간이 눈앞에 서 있다. 더군다나 자신들과는 분명히 다른 종족으로 보이는 인간이다.

　　성준은 눈앞에 서 있는 흰색 머리의 중년 남자를 보고는 난감한 기분이 들었다. 남자는 큰 키에 중년의 남자치고는 단단한 체격을 가지고 있었다. 사각형의 고집이 세 보이는 얼굴의 남자는 성준을 의심스러운 눈으로 쳐다보고 있다. 성준은 자신이 타고 온 배 쪽을 돌아보았다. 누군가 대신 설명할 필요가 있어 보였다.

　배가 멈추어 서자 리더인 유먼은 배에 묶여 있는 작은 보트로 뛰어내렸다. 그녀의 뒤로 치카소가 보트로 내려왔다. 그들은 보트에 묶인 줄을 풀고 능력을 활성화했다.

　그녀와 치카소의 뺨에 있는 문신에 빛이 흐르자 작은 보트가 천천히 움직이기 시작했다. 성준이 그동안 살펴본 바로는 문신을 사용하는 그들의 현상 제어 능력은 일종의 초능력처럼 보였다. 멈춰 있는 물체를 움직이게 하고, 움직이는 몬스터를 멈추게 하며, 자신의 움직임을 빠르게 하는 등의 모습을 보면 성준의 생각이 맞는 듯했다.

　잠시 뒤 보트는 강변에 도착했고, 그녀와 치카소는 보트에서 내려 의장에게 빠른 걸음으로 다가왔다. 그동안 서로 뚱하니 바라보고 있던 성준과 다코타 의장은 그제야 서로를 바라보고 있던 눈길을 돌렸다.

　유먼이 급하게 의장에게 보고했다.

　"봉화를 보고 달려왔습니다."

　성준은 그녀가 보고를 시작하자 자리를 피해 주었다. 그들의 대화를 들을 필요는 없을 것 같았다. 치카소가 그를 보고 눈으로 감사를 표했다.

　유먼은 정지해 있던 가디언들을 획득한 것부터 몬스터들

과의 전투, 외계인과의 만남, 그리고 봉화를 확인한 후 외계인들이 전투에 도움이 될 것 같아서 같이 왔다는 것까지 의장에게 보고했다.

다코타 의장은 유먼의 보고에 인상을 찌푸렸다. 100년 동안 자신들을 숨겨준 성역이 파괴당한 지금 난데없는 외계인의 등장은 그의 정신을 더욱 혼란스럽게 했다. 아무래도 바로 결론을 낼 수 없던 그는 우선 적의 추격을 피하고자 이곳을 벗어나기로 했다.

그의 말에 사람들은 모두 배에 오르기 시작했다. 배에 있던 다른 보트도 밑으로 내려 도망쳐 나온 일행을 싣자 금방 모든 인원이 배에 오를 수 있었다.

그리고 배는 다시 연기를 뿜으며 출발했다. 목적지는 다음 도시인 항구도시 뭬번이었다.

야키는 아예 반쯤 실신 상태였다. 밤새도록 능력을 사용하고 아침이 되자 미친 듯이 이곳까지 달렸기 때문이다. 더군다나 언니 걱정에 정신적으로도 매우 힘든 상황이었다.

하지만 그녀는 편히 쉴 수가 없었다.

"야키, 결계가 필요하다."

다코타 의장은 야키에게 지시를 내렸다. 비전투원이 많은 지금 전투는 피해야 했다. 더군다나 전투로 인해 악마 몬스터가 눈치를 채면 큰일이었다.

야키는 이를 악물고 몸을 일으켰다. 그리고 그녀는 능력을 활성화했다. 정신과 몸이 피곤한 것이지 능력을 사용하는 데는 지장이 없었으므로 결계는 무사히 배 전체를 넘어 주변 지역을 덮었다.

성준은 신기한 얼굴로 배를 덮은 막을 바라보았다. 성준은 영기분석을 사용해 막을 확인해 보았다.

─영기 결계.
─의식에 간섭해서 외부의 시선과 행위에서 분리됨.
─결계를 경계로 내부는 외부의 능력에서 벗어남.
─결계 능력자는 다른 결계 능력자의 결계를 파악 가능.
─간섭 능력 이상의 능력은 결계를 파괴하고 시전자에게 큰 부담을 줌.

아마도 이 능력은 소녀와 성인의 중간쯤에 걸쳐진 이 여성의 고유 능력인 것 같았다. 그녀의 뺨에 있는 문신이 빛나지 않았기 때문이다.

빛나는 막에 싸인 배는 연기를 내뿜으며 다시 강의 본류로 향했다. 강변에 몬스터들이 보였지만 이들은 배를 인식하지 못하고 주위를 배회했다.

야키는 피곤한 몸을 추스르고 능력을 유지하는 데 온 힘을 다했다. 혹시 언니가 살아남았다면 이 결계를 목표로 자신을 찾아올 수 있을 것이다.

*　　　*　　　*

악마 푸르손은 무너진 동굴 앞에서 아쉬워하고 있었다. 결국 이곳에 있는 원주민들을 모두 잡는 데 실패한 것이다.

그는 세뇌한 여성이 말한 위치에 왔지만 아무런 흔적도 발견하지 못했다. 그는 당연히 아무것도 발견하지 못할 것이라 생각했다. 100년이나 자신들의 시선을 피한 놈들이다. 금방 발견되리라고는 생각하지 않았다.

그러나 그에겐 그동안 많은 별에서 자신들을 피해 오랫동안 숨었던 생명체들을 찾아낸 경험이 있었다.

그는 우선 이 지역에 강한 충격을 가해보기로 했다. 대부분의 시선을 가리는 능력은 강한 충격에 깨져 나갔다. 그는 사방으로 영기를 수십 번 쏘아 보냈다. 그러자 자신이 딛고 있는 바닥에서 울림이 느껴졌다. 그의 생각이 맞은 것이다.

그는 바로 알아차리고 바닥을 향해 영기를 쏘아 보냈다. 그리고 무엇인가 깨지는 느낌이 들며 지하에서 많은 원주민의 기척이 느껴졌다.

그는 미소를 지으며 영기를 쏟아 부어 바닥에 구멍을 뚫었다.

구멍이 뚫리자 지상으로부터 10여 미터 아래에 커다란 공간이 보였다. 그가 밑으로 뛰어내리자 가디언들이 그를 따라 구멍으로 뛰어들었다.

그리고 학살이 시작되었다. 가디언들은 사방을 헤집고 다니며 원주민을 학살했다. 전사가 모두 빠져나가 이곳에 있는 이들은 비전투원이 대부분이었다. 아이들과 늙은이, 비능력자인 여성이 대부분이자 그는 실망스러웠다.

그는 주변에 있는 원주민들만 죽이고 나머지는 가디언들에게 맡겼다. 아무래도 같은 종족이던 것들끼리 싸우는 모습이 재미없었다. 그리고 강자가 보이지 않아 싸우는 재미도 덜했다.

그는 설렁설렁 주위를 부수고 다니다 자신에게서 멀어지는 기척을 느꼈다. 더군다나 그 기척 중에는 제법 강하게 느껴지는 것도 있었다.

그는 신이 나서 그 기척을 향해 몸을 날렸다. 그러자 그를 향해 갑자기 하루살이 떼처럼 원주민들이 달려들었다. 덕분에 그는 자신이 방향을 잘 잡았다는 것을 알아차렸다. 중요한 놈들인 모양이다.

쾅!

하지만 그의 기쁨은 큰 폭발음과 함께 사라져 버렸다. 큰 공동을 지나 원주민들이 달아나는 동굴을 찾았으나 바로 그의 눈앞에서 동굴이 무너져 내린 것이다. 무너져 내린 동굴 앞에 숨을 몰아쉬는 두 명의 원주민이 보였다. 아마도 그들이 능력을 사용해 동굴을 무너뜨린 것 같았다. 분노한 그는 원주민들을 갈가리 찢어버렸다.

잠시 뒤 기분이 가라앉은 그는 이상한 기척에 고개를 갸웃거렸다. 자신과 가디언들이 그렇게 죽였는데 아직 작은 기척이 하나 남은 것이다. 그는 기척이 느껴지는 곳으로 향했다.

그곳은 공동 중앙에 있는 집의 커다란 방이었다. 그 방에는 피를 흘리며 쓰러져 있는 한 여성이 있었다. 그는 고개를 끄덕였다. 가디언들로는 죽음과 삶을 파악하기 힘들어 보이는 상태였다. 아마 이대로 놔두면 얼마 안 가서 죽을 것이 분명했다.

하지만 원주민 여성을 보던 그의 눈에서 빛이 났다. 이 여성은 분명히 고유 능력자였다. 가미긴과의 계약 내용에는 고유 능력을 바치라는 계약이 없었으니 자신이 영기를 회수해서 나중에 몰래 흡수해도 될 것 같았다.

그는 원주민 여성의 목을 부러뜨렸다. 잠시 뒤 그녀는 숨이 멎었다. 이어 그녀가 영기로 변하자 그는 공중으로 흩어지는 영기를 회수했다. 나중에 가미긴 몰래 정제해야 할 것 같았다.

그런데 그의 앞에 구슬 하나가 떨어진 것이 보였다. 그는 눈앞의 구슬을 집어 들었다. 환하게 빛나는 것이 가디언 구슬이 분명했다.

그는 가디언 구슬의 능력을 확인하고 미소를 지었다. 요 며칠 자신에게 행운이 쏟아지는 것 같았다. 이 가디언의 가능력이면 방법이 있을 것 같았다. 악마 푸르손은 가디언 구슬을 삼켰다. 그리고 손을 내밀어 새로운 가디언을 소환했다.

그의 눈앞에 방금 영기로 변한 여성이 나타났다. 그녀는 아무것도 들어 있지 않은 공허한 눈으로 그를 향해 고개를 숙였다.

"주인님께 가디언 유트가 인사드립니다."

그녀를 보고 미소를 지은 그는 자신의 새로운 가디언에게 명령을 내렸다.

"너와 같은 결계 능력이 사용되고 있는 곳을 찾아봐라."

자신이 확인한 구슬의 능력이 맞고 다른 곳에서 결계 능력이 사용되었다면 그녀가 찾을 수 있을 것이 분명했다.

그의 예측대로 그녀는 이곳에서 빠르게 멀어지는 결계 능력을 찾아냈다.

그는 미소를 지었다. 다른 곳에 숨어 있는 놈들을 찾으려고 했는데 이곳에서 놓친 놈들을 발견한 것이다. 그는 가디언들을 불러 모아 추격을 시작했다.

그들의 앞에서 새로 가디언이 된 결계 능력자 유트가 악마 몬스터와 가디언들을 그녀의 여동생이 생성한 결계로 안내했다.

*　　　*　　　*

다코타 의장은 배가 움직이고 결계가 생성되자 날카롭던 신경이 조금 가라앉는 것 같았다.

갑자기 들이닥친 악마 몬스터로 인해 자신이 100년 동안 지켜온 성역이 한순간에 끝난 것이 이제야 실감이 났다. 그는 밀려오는 좌절감에 얼굴을 손으로 감쌌다.

대다수의 악마 몬스터가 사라져서 이때가 아니면 기회가 없을 것 같아 사방으로 인원을 보낸 것이 패착일 수도 있었다. 그 탓에 성역에 남아 있던 비전투원들이 몰살당하고 말았다.

하지만 지금 움직이지 않으면 얼마 지나지 않아 결국은 멸망하게 될 것이다. 결계 능력자도 오늘 한 명을 남겨두고 왔으니 이제 두 명이 남았을 뿐이다. 더군다나 야키만 3레벨이고 다른 하나는 이제 2레벨이다. 어차피 다음 세대면 노출되어 전멸하고 말 것이다.

그는 100년간 자신의 중심이 되어준 '나는 틀리지 않았다'

라는 문구를 다시 한 번 외우고 뱃머리에 모여 있는 사람들을
바라보았다.

다른 세상에서 온 사람들이다. 유먼의 말과 치카소가 확인
한 바에 따르면 굉장히 강한 인간들이다. 저 중심에 있는 젊
은 남자가 지배자급 몬스터와 싸워서 이겼다고 했다. 그럼 자
신과 동급, 혹은 자신보다 더 강할 수도 있는 인간이다.

아마 저 인원과 젊은 남자의 능력이면 자신과 다른 도시로
간 주 공격대와 비길 수도 있을 것 같았다.

그는 성준에게 물어보았다.

"이곳에 온 목적이 무엇인가?"

그는 눈앞에 있는 외계인들이 이 별을 찾아온 이유를 유먼
에게도 치카소에게도 듣지 못했다.

성준은 잠시 생각하다가 사실대로 말하기로 했다. 어차피
숨길 이유가 없었다.

"이 별을 책임지고 있는 악마 가미긴을 제거해서 우리 별
에 있는 몬스터 홀의 새로운 생성을 막을 목적으로 이 별에
왔습니다."

의장은 성준의 말을 듣고 헛웃음을 지었다. 이 외계인들은
악마 몬스터들의 진정한 강함을 모르는 것 같았다. 의장은
이 외계인들에 대해 신경을 끄기로 했다. 이들은 죽을 것이
다.

의장은 이들을 머릿속에서 지워 버렸다.

　의장은 빨리 나가 있는 사람들을 모아 도피처로 숨어들어 제2의 성역을 만들어야 했다. 식량이 떨어지기 전에 결계를 구축하고 다시 식량을 재배해야 했다. 그렇지 않으면 식량 부족으로 아사할 것이다.

　그리고 구슬을 모아 2레벨인 결계 능력자를 3레벨로 만들어야 했다. 그는 한숨을 내쉬었다. 결국 2레벨 엘리트 몬스터를 잡아야 한다.

　그는 그렇게 결정하고 눈앞의 일행을 만일을 대비한 방패막이로 삼고 다음 도시에서 떨구어 버리기로 했다. 어차피 자신이나 그들이나 모두 악마들에게 침략당한 종족일 뿐이다. 어설픈 도움은 금물이었다.

　평상시라면 정보를 얻기 위해 노력하거나 저들을 설득해서 힘을 합쳐볼 생각도 해보겠지만 이런 위기 상황에서는 자신을 수습하는 것이 우선이었다.

　다시금 시련이 닥쳤지만 그는 아직 포기하지 않았다. 이 별은 자신이 지켜온 별이다. 절대 포기할 생각이 없었다. 자신이 포기하는 날은 죽는 날이라고 그는 다시 한 번 생각했다.

　배는 천천히 강의 본류를 향해 움직이고 있었다.

성준은 계속 자신들을 노려보는 의장이라고 불리는 중년 남자 때문에 신경이 날카로워졌다. 하지만 그냥 쳐다보는 사람한테 뭐라고 할 수도 없었다.

　그들의 분위기를 보니 이들이 숨어 있던 곳이 악마 몬스터에 의해 문제가 생긴 것이 분명했다. 성준은 나서서 도움을 줄까도 생각해 보았지만 이들이 원하지도 않고 다른 생각이 있는 것 같아 조용히 있기로 했다.

　그 대신 성준은 눈앞의 사람들 정보를 확인해 보기로 했다.

　기존의 이 배에 있던 인원은 배를 모느라 바쁜지 계속 돌아다니고 있었고, 새로 온 인원만 성준의 반대편에 모여 있었다. 무력화된 가디언들이 선실에 있지 않다면 다들 밑으로 내려갔을 것이 분명했다.

　그들은 10여 명의 젊은 사람과 20여 명의 중장년층으로 보였는데 젊은 사람 중에는 조금 어려 보이는 사람도 보였다.

　그리고 그들 가운데에는 식은땀을 흘리고 있는 여자가 있었다. 결계 능력자였다. 그녀는 3레벨이었는데 지금 이곳에 있는 능력자들은 그녀와 자신을 노려보는 중년 남자를 제외하고는 모두 2레벨 이하였다. 1레벨도 많이 보이고 특이한 능력자도 보였다.

　눈앞의 중년 남자는 4레벨의 검투사였다.

　성준이 감각으로 확인하니 그의 육체는 상당한 전투 경험이 있었다. 하지만 안타깝게도 근육이 퇴화하기 시작했다. 보이는 모습은 중년이지만 실제는 훨씬 오래 살아온 모양이다.

성준은 이번에는 자신의 일행을 돌아보았다. 감시하는 듯한 저들의 모습에 조금 불만인 것 같았지만 그래도 잘 참아주고 있었다.

보람이 배를 가속할지 물어오자 성준은 고개를 흔들었다. 저 결계 능력은 지금도 불안한 상황이다. 이 이상 속도를 내면 결계 능력자가 버틸 수 없을 것 같았다.

눈앞의 사람 중에는 민간인에 가까운 사람이 많았다. 그래서 저들은 전투를 피하고자 결계를 생성한 것 같았다. 그 모습을 보고 자신들이 결계를 치지 말라고 할 수는 없었다.

배는 몇 시간 뒤 본류에 들어서서 강의 하류로 움직이기 시작했다.

성준은 우선 오늘만 배에서 보내고 내일 내릴지를 결정하기로 했다. 이대로는 속도가 느렸다. 시간이 많지 않기에 불편하지만, 뗏목을 만들어 움직여야 할 것 같았다.

저녁이 되자 결국 결계 능력자가 쓰러졌다. 성준과 일행이 당황해서 쳐다보니 오히려 그녀의 일행은 담담하게 움직이고 있었다. 쓰러진 그녀를 한쪽에 눕히고 어린 소녀 한 명이 중앙에 자리를 잡았다. 다른 한 명의 2레벨 결계 능력자였다.

배는 강 옆으로 움직여서 닻을 내리고 소녀가 결계 능력을 발휘했다. 그녀가 발휘한 결계는 쓰러진 여성이 만든 결계의 반 정도의 크기로 겨우 아슬아슬하게 배를 덮었다. 더구나 결계가 흐리고 흔들리는 것이 불안정해 보였다. 이대로는 배를 움직이기 힘들었다.

배는 결국 그날 밤 움직이지 못했다.

다음 날 아침, 쓰러졌던 여성이 깨어나 어린 여성과 교대하고 결계를 만들었다. 그러자 그들은 다시 배를 움직였다.

배가 움직이는 모습을 보던 성준은 아침을 먹고 배에서 내리기로 했다. 이대로라면 자신들이 뛰는 것과 크게 다르지 않은 속도였다.

그때 어떻게 연락을 받았는지 그들의 눈앞에 새로운 배 한 척이 나타났다. 그들이 말한 다른 한 척의 배였다. 그 배에는 상당히 강한 능력자들이 있는 모양이었다. 성준의 감각에 상당히 강한 영기가 느껴졌다.

새로운 배는 성준이 타고 있는 배로 다가와서 옆구리를 가져다 댔다. 그리고 20여 명의 사람이 이쪽 배로 넘어왔다. 다들 먼 거리를 뛰어넘어 오는 모습이 성준의 예상대로 강한 능력자들인 것 같았다.

"어서들 오게나."

다코타 의장은 새로 나타난 사람들을 반갑게 맞이했다. 이들이 바로 그들 최고의 공격대였다. 이들은 앞쪽의 도시로 정찰을 나갔다가 봉화를 보고 급히 달려온 것이다.

의장은 안타까웠다. 이들만 있었어도 큰 희생 없이 탈출할 수 있었을 것이다.

성준은 이들이 모인 모습을 보고 어차피 더는 같이 다니기 힘들 것 같았다. 새로 나타난 사람 중에 3레벨도 몇 명 보이는 것이 자신들이 이들을 보호한다는 것이 별로 의미가 없어 보였다.

"우리는 이만 내리겠습니다."

성준은 의장에게 하선하겠다고 말했다. 의장은 사람들과 인사를 하다 성준의 말에 고민이 되었다. 이대로 이들을 죽음의 길로 보내는 게 조금은 안쓰러웠다. 하지만 외계인들도 목숨을 걸고 이곳에 온 것이다.

"솔직히 그냥 돌아가라고 하고 싶네. 하지만 자네들도 자네별을 위해 최선을 다하는 길이니 성공하기를 바라네."

그렇게 성준 일행은 배에서 내렸다.

"으아! 숨 막혀 죽는 줄 알았네. 분위기가 장난 아니었어."

헤라가 숨을 크게 들이마시며 말했다. 뜻밖에 한마디 할 것 같은 다희도 헤라의 말에 동의했다.

"으, 힘들었다."

모두 같은 생각인 모양이다.

배는 그들을 내려놓고 두 척 모두 강 아래로 내려가기 시작했다. 성준은 자신들을 내려놓고 강 아래로 사라지는 배를 바라보았다. 배가 멀어지자 성준은 고개를 돌려 주위를 둘러보았다.

성준이 내린 곳은 멀리 지평선까지 보이는 황야였다. 땅을 보니 고랑이 파인 흔적이 남아 있다. 예전에는 끝없이 곡식이 물결치는 곳이었을 것이다.

하지만 지금은 먼지만 날리는 붉은 흙밖에 보이지 않았다. 성준은 시선을 돌렸다. 성준과 일행 모두 호영을 돌아보았다. 뗏목을 만들 시간이다. 그 모습에 호영은 입맛을 다셨다. 그는 영기로 통나무를 뽑아내기 시작했다.

일행은 모두 모여 호영이 뽑아낸 나무로 뗏목을 만들기 시작했다. 다들 답답하던 마음이 풀렸는지 신 나게 움직였다. 약 두 시간 후 일행은 뗏목을 완성할 수 있었다. 다행히 그동안 몬스터가 나타나지 않아 일행은 편하게 작업할 수가 있었다.

성준과 일행은 바로 뗏목에 올랐다. 역시 뗏목은 배보다 훨씬 불편했다. 하지만 일행은 각자 자리에 편하게 앉았다. 표정은 배에 있을 때보다 훨씬 편해 보였다.

모두 자리에 앉자 보람이 앞으로 나섰다.

"자, 출발합니다!"

보람은 들뜬 목소리로 말하고 능력을 발휘했다. 뗏목이 물살을 가르기 시작했다.

그들이 30분 정도를 달리는 동안 주위는 황량한 풍경뿐이었다. 몬스터도 보이지 않아 일행은 조금 무료한 기분까지 들었다.

하지만 성준은 조금 전부터 심각한 표정으로 뗏목의 진행 방향을 바라보고 있었다.

"왜 그러세요?"

수리가 성준의 표정을 보고 물었다.

"아무래도 먼저 떠난 사람들이 공격당하고 있는 것 같은데……."

성준의 감각에 멀리 이곳 사람들의 영기가 느껴졌다. 그런데 그 옆에서 대단히 강한 영기가 느껴졌다. 악마 몬스터의 영기였다. 그리고 가디언들의 영기도 느껴졌다. 그곳의 영기가 휘몰아치는 것이 흉험한 전투가 벌어지는 것 같았다.

성준의 말에 수리의 표정이 변했다. 수리는 그들의 모습에 자신의 별에서 마지막으로 숨어 지낸 1년이 생각난 모양이다.

성준은 수리의 표정에 도와주려면 서둘러야 할 것 같았다.

어차피 가는 길이다. 빨리 도와주어서 한 사람이라도 살리는 것이 좋을 것 같았다.

"우리 먼저 가보겠습니다."

일행에게 상황을 이야기하고 성준은 바로 주디를 불렀다. 주디는 성준의 말에 바로 자신의 수호룡을 공중에 날려 보냈다.

쿠롸롸롸!

거대해진 수호룡은 하늘에서 괴성을 지르자 성준과 수리는 곧바로 하늘로 치솟아 올랐다. 성준은 수호룡에 올라타서 바로 하은과 주디를 소환했고, 하늘을 날고 있는 수리와 함께 바로 싸움이 벌어지고 있는 정면을 향해 쏜살같이 날아갔다.

*　　　*　　　*

다코타 의장은 눈앞의 불타는 배를 보지 않으려고 애쓰면서 일행을 지휘하고 있었다.

"빨리 배를 강변 쪽으로 몰아! 좌초돼도 상관없어!"

배는 그의 피 토하는 절규에도 천천히 움직였다. 배의 위에는 강을 헤엄쳐서 넘어온 가디언들이 배에 올라타 일족을 공격하고 있었다.

그리고 의장의 눈에 반대쪽 강변에서 가슴에 팔짱을 끼고 이쪽을 바라보고 있는 악마 몬스터가 보였다. 악마 몬스터는 의장을 똑바로 바라보고 있었다.

처음에 악마 몬스터가 강변에 나타났을 때 의장과 일행은 너무나 놀랐다. 계속해서 결계를 치고 있었는데 정확하게 배를 찾아온 것이다. 하지만 악마 몬스터 옆에 서 있는 가디언을 보고는 모든 상황을 이해할 수 있었다.

악마 몬스터 옆에는 성역에 두고 온 결계 능력자가 가디언이 되어 서 있었다. 결계 능력자들의 결계 공명을 알고 있는 이들은 바로 악마 몬스터가 어떻게 자신들을 따라왔는지 알수 있었다.

야키는 친언니를 바라보곤 바로 얼이 빠졌다. 그 때문에 그녀의 능력은 바로 사라져서 두 척의 배가 악마 몬스터의 눈앞에 나타났다.

악마 몬스터는 그 모습에 미소를 지으며 뒤에 서 있는 가디언들에게 공격 명령을 내렸다.

가디언들은 바로 물에 뛰어들어 배를 향해 헤엄쳤다. 처음에는 일족도 착실하게 가디언들을 막을 수 있었다. 가디언들은 일족의 공격에 배에 오르지도 못하고 영기가 되기 일쑤였다.

하지만 그것은 악마 몬스터의 공격 한 방에 무너져 버렸다.

강변에서 가디언들이 당하는 모습을 보던 악마 몬스터는 한 손을 들어 올려 영기를 배를 향해 발사했다. 공격대 중 방패 능력자가 방패 능력으로 막았지만 붉은 화염 덩어리로 변한 영기는 방패 능력을 뚫고 공격대가 타고 있는 배를 강타했다.

콰!

배는 그대로 반파되어 불타오르기 시작했다. 그 공격 한 방에 일족 최고의 공격대 반 이상이 죽임을 당했다. 불타오르는 배 안에서 비명을 질러댔지만 겨우 반만이 이쪽 배로 넘어올 수가 있었다.

그리고 방어가 무너진 배 위로 가디언들이 올라타기 시작했다.

의장은 강변에서 팔짱을 끼고 이쪽을 바라보는 악마 몬스터와 눈이 마주쳤다. 의장은 악마 몬스터의 생각을 알아차릴 수 있었다. 그는 자신을 부르고 있었다. 그래서 좀 전의 공격을 멈추지 않았으면 전부 끝나는 것을 악마 몬스터는 참고 기다린 것이다.

다코타 의장은 한숨을 내쉬었다. 이제 여기서 자신의 운명은 끝나는 것 같았다. 하지만 할 일은 해야 했다.

"유먼!"

유먼이 의장에게 달려왔다. 그녀의 틀어 올린 붉은 머리카

락은 다 풀려서 땀과 피에 젖어 있었다.

"배를 강변에 좌초시키고 남은 일행을 데리고 상류로 도망가라. 그쪽으로 외계인들이 내려오고 있을 거다. 내가 여기서 악마 몬스터를 붙잡고 있을 테니 최대한 멀리 도망가는 거다. 알았나?"

유먼은 의장의 말을 듣고 놀라 그를 바라보았다. 그의 얼굴에는 아직도 최선을 다하겠다는 의지가 가득했다.

"알겠습니다."

그의 굳건한 모습에 그녀는 고개를 숙여 대답했고, 의장은 악마 몬스터를 향해 몸을 날렸다.

악마 푸르손은 자신을 향해 날아오는 인간을 보고 기분이 좋아졌다. 싸울 만한 인간이 나타난 것이다. 다행히 놈이 자기 생각을 알아차려서 그는 기분이 더 좋았다. 그는 그 보답으로 인간을 죽인 후 자신의 직속 가디언으로 삼아야겠다고 생각했다.

그리고 인간과 악마는 강변에서 격돌했다.

* * *

유먼은 의장의 지시를 지킬 수 없어서 무척이나 아쉬웠다. 이미 달아날 길이 막힌 것 같았다. 배는 조타수가 당했는지 강변으로 더는 움직이지 못하고 표류하고 있었고, 일행은 가디언들에게 거의 선미까지 밀려나 있었다.

그녀는 눈앞의 가디언을 능력으로 멈춰 세우고 악마 몬스터와 싸우고 있는 의장의 모습을 확인했다. 순간 그녀는 억눌린 한숨을 내쉬고 말았다.

다코타 의장이 악마 몬스터의 공격에 다리가 잘려 나가며 강변에 처박히는 모습을 본 것이다. 혹시나 기대하고 있던 그녀는 어두워진 얼굴로 다시 눈을 돌렸다. 그녀의 능력으로 멈춰 세운 가디언의 옆으로 다른 가디언이 검을 휘두르는 것이 보였다. 그녀는 그 장면이 마지막으로 보는 모습이라고 생각하자 슬퍼졌다.

그런 그녀의 눈에 가디언이 산산이 분해되는 모습이 보였다. 그리고 그녀의 앞에서 피보라가 일어났다.

이어 그녀의 눈앞에는 사방으로 흩어진 가디언들의 시체가 영기로 변했고, 그 위로 한 여성이 서 있었다.

수리는 눈앞의 여성에게 괜찮은지 물어보았다. 여성의 얼굴이 좀 이상한 것이 무엇인가 충격을 받은 모양이다.

"빠, 빨리 의장님을 구해 주세요!"

그녀는 악마 몬스터의 강함은 생각하지도 못하고 그냥 입에서 나오는 대로 말하고 말았다. 하지만 그녀의 말에 수리가 성실하게 대답했다.

"벌써 주인님이 가 계셔요."

유먼이 고개를 돌리자 쓰러진 의장 옆에 한 여성이 앉아 그의 다리에 손을 올리고 있고, 이들의 리더가 악마 몬스터 앞에 불타는 검을 들고 서 있다.

그리고 유먼의 머리 위에서 주디의 수호룡이 가디언들을 향해 바람의 칼날을 뿌리고 있었다.

악마 푸르손은 눈앞에 나타난 인간을 보고 의아해했다. 방금 다리를 잘라 버린 인간과는 분명히 다른 별의 종족이다. 생김새를 보니 지금 몬스터 홀을 확장하고 있는 지구라는 별의 인간처럼 보였다. 더군다나 눈앞에 있는 인간은 좀 전의 원주민보다 훨씬 더 강했다.

강한 먹잇감이 있다는 것은 즐거웠지만, 이곳에 있을 수 없는 종족이 있다는 것은 어딘가 문제가 생겼다는 것이다. 그는 성준을 향해 입을 열었다.

"너는 지구라는 별의 인간인 것 같군. 어떻게 이 별에 올수가 있었지?"

성준은 눈앞의 악마 몬스터가 자신을 향해 물어오는 것을 보고 어이가 없었다. 그는 대답 대신 악마 몬스터의 정보를 확인했다.

―푸르손.

―5 등급.

―가미긴 던전 관리 실무자.

―영기 제어 레벨 4, 피부 강화 레벨 4, 이동 속도 증가 레벨 4, 영기 창술 레벨 4, 비행 레벨 4.

―약점: 전투 자체의 즐거움 추구.

―의문, 신기함.

전투적인 능력이 가득한 악마 몬스터였다. 가지고 있는 능력이 이 별의 원주민들이 가지고 있는 현상 제어와 비슷한 영기 제어라는 능력을 제외하고는 모두 성준이 아는 능력이었다.

그동안 부상을 당한 악마 몬스터와 세뇌 등의 정신적인 능력을 가진 악마 몬스터와 싸워 온 성준이 처음으로 만나는 제대로 된 5레벨 악마 몬스터였다.

영기 제어라는 능력을 확인해 봐야겠지만 악마 가미긴과의 전투에 대비해서 자신이 어디까지 할 수 있을지 알아보는 데 알맞은 상대였다.

"벙어리인가?"

성준은 악마 몬스터의 말에 피식 웃었다. 자신이 적의 질문에 대답할 필요가 어디에 있단 말인가.

성준은 불타는 자신의 검을 들고 몬스터를 향해 달려들었다. 이제 5레벨인 자신의 능력을 확인할 때였다.

악마 푸르손은 대답 없이 자신을 향해 달려드는 성준을 보고 어이가 없었다. 역시 인간들은 예의가 없었다. 어차피 고유 능력이 있는 것 같으니 죽여 버려도 기억이 남을 게 분명했다. 자신의 가디언으로 만들어 물어보면 될 것이다.

그는 창을 꺼내 성준의 불타는 검을 막았다. 검은 빛깔이 도는 4m가 넘는 창이었는데 악마 몬스터의 3m가 넘는 몸과 잘 어울렸다.

성준은 창과 부딪치자 밖으로 튕겨 나갔다. 그는 바닥에 내려서자 바로 땅을 박차 그에게 다시 달려들었다.

'힘은 배 이상 밀리는군.'

성준은 힘에 관해 확인을 끝내고 이번에는 방어력을 확인해 보려고 했다. 그런데 성준이 채 다가가기도 전에 악마 몬스터가 창을 들지 않은 손으로 성준을 향해 가리켰다.

성준은 손 안에 뭉치는 강력한 영기에 질겁하고 땅을 박차 위로 솟구쳤다. 그러자 조금 전까지 성준이 있던 자리로 거대한 붉은색 광선이 지나갔다.

쾅!

성준의 뒤쪽에 있는 강이 쩍 하고 갈라졌다. 광선이 지나가며 물을 갈라 버린 것이다.

공중으로 뛰어오른 성준은 몸을 회전해서 허공을 박차 몬스터에게 뛰어들었다.

몬스터는 성준을 향해 창을 내질렀다. 하지만 구슬로 습득한 창술은 성준이 경험해 본 바가 있었다. 성준은 다른 손으로 허공을 살짝 후려쳐서 창을 피하고 검을 창날에 대고 쭉 안쪽으로 밀고 들어갔다.

끼이이익!

검은 창대를 타고 몬스터의 팔에 이르렀고, 성준의 몸도 몬스터의 가슴으로 뛰어들었다. 성준은 검에 절단 강화를 가득 걸고 몬스터의 가슴을 그어버렸다.

츄악!

펑!

몬스터의 가슴에서 피가 튀어 올랐다. 하지만 동시에 몬스터가 후려친 주먹에 성준이 정통으로 맞아버렸다.

몬스터의 가슴에는 가늘게 선이 그어져 있고, 성준은 몬스터의 옆으로 한참을 튕겨져 나갔다. 검에 걸린 절단 강화가 피부 강화보다 레벨이 낮아서인지 몬스터의 몸에 큰 상처는 입히지 못했다.

악마 푸르손은 자신의 주먹을 바라보며 고개를 갸웃거렸다. 이상하게 주먹에 느껴지는 감각이 약했다. 그는 고개를 흔들고 주먹을 펴서 성준을 향해 가리켰다.

튕겨져 나간 성준은 몸을 회전해서 허공을 박차 공중에서 정지했다. 성준의 한쪽 얼굴은 벌겋게 변해 있었다. 몬스터의 주먹에 맞은 자리였다. 하지만 다행히도 피부 강화가 효과를 발휘해서 큰 피해는 없었다.

물론 성준이 맞기 직전에 허공을 후려쳐서 고의로 튕겨져 나가 충격을 줄이지 않았다면 이 정도로는 끝나지 않았을 것이다.

공중에 멈춘 성준이 몬스터를 바라보자 몬스터의 손이 성준을 가리키고 있고 그 손 안에 영기가 뭉쳐 있다.

"그런 건 나도 있어!"

성준이 쥐고 있는 검끝에 찬란한 빛이 머물러있다. 검이 레벨 업을 해서 절단 강화를 사용하고도 영기 압축을 사용할 수 있게 된 것이다.

몬스터의 손에서 영기가 발사되자 영기는 공중에서 화염으로 변하면서 성준에게 날아갔다. 아마 이 능력이 영기 제어 능력인 모양이다. 성준은 검을 앞으로 해서 영기를 터뜨렸다. 성준의 검에서도 영기가 앞으로 튀어나갔다.

쾅!

성준과 악마 몬스터 사이에서 거대한 폭발이 일어났다.

폭발을 뚫고 성준이 검을 들고 뛰쳐나왔다. 이동속도 증가를 걸어 눈에 보이기 힘들 정도로 성준이 빨라졌다. 그리고 악마 몬스터도 이동속도 증가를 활성화해서 성준의 검에 대항했다.

그들의 모습이 빛살처럼 움직였다.

*   *   *

다코타 의장은 상체만 일으킨 채로 성준과 악마 몬스터의 싸움을 넋을 놓고 바라보았다. 자신을 가지고 놀던 몬스터가 진지하게 싸움에 임하는 모습을 보고 자신의 능력에 한숨이 나오기도 했고 자신의 눈으로도 겨우 파악되는 높은 경지의 능력에 부러움을 느끼기도 했다.

자신이 악마 몬스터나 저 외계인의 실력을 그동안 마음대로 재단한 것이 얼마나 어이없는 짓이었는지 지금에서야 알게 되었다.

그런 의장에게 옆에 있는 하은이 이야기했다.

"빨리 이곳에서 멀어져야 해요. 전투에 방해될 거예요."

의장은 고개를 돌려 하은을 바라보았다. 예쁘게 생긴 젊은 아가씨가 자신에게 서두르라고 재촉하고 있다. 자신이 할 수 있는 것이 없다는 것을 알게 된 때문인지 그는 이상하게 마음이 편한 상태였다.

"나도 그러고 싶은데 다리가 잘려서 움직일 수가 없군."

하은이 고개를 흔들었다.

"다리는 제가 다 붙여놓았어요. 혹시 안 움직이세요?"

하은의 말에 그는 어리둥절했다. 그러고 보니 다리에서 고통이 느껴지지 않았다. 다리를 바라보니 다리가 온전하게 붙어 있다.

"잘린 다리가 근처에 있어서 다행이었어요. 안 그랬으면 그대로 봉합해 장애가 생길 뻔했어요."

그는 하은의 말에 조심스럽게 다리를 움직였다. 다리는 자신이 원하는 대로 잘 움직였다. 눈앞의 여성은 잘린 다리마저 붙이는 신비한 능력을 가지고 있었다.

그는 몸을 일으켜 세우고 성준과 악마 몬스터의 전투를 보았다. 그들의 전투는 강에서 좀 멀어진 상태였다. 아마도 성준이 몬스터를 강에서 유인한 모양이었다.

그들의 전투를 보고 다코타 의장은 쓴웃음을 지었다. 자신이 끼어들 상황이 아니었다. 그는 가디언들에게 공격당하고 있는 자신의 일행을 구하기로 했다.

그는 배를 향해 몸을 날리려고 하다 그 자리에 멈추었다. 하은이 그가 보는 방향을 보고 환히 웃었다.

"동료들이 이제야 왔나 봐요."

일행의 뗏목이 배 옆에 도착해 있었다.

　배의 후미를 막아선 수리는 가디언들의 공격을 막는 데 열 중했다. 아무래도 그녀의 뒤에 있는 이 별의 원주민들은 전투 인력이 거의 남지 않은 것 같았다.

　그 때문에 초기의 기습 이후로 그녀는 자신과 함께 가디언 들을 상대하고 있는 이들을 보호하기 위해 정신이 없었다.

　머리 위에서 수호룡이 바람 칼날로 가디언들을 흩어주지 않았으면 자신은 괜찮겠지만, 다른 사람들은 위험할 뻔했다. 하지만 수호룡도 배가 파손될지 몰라 심한 공격은 하지 못하 고 있었다.

　더군다나 가디언들이 손을 들었을 때 이상하게 몸이 덜컹 멈추는 듯해서 위험한 적이 한두 번이 아니었다.

　이번에도 한 어린 남자가 위험한 것을 보고 도우려고 했는 데 눈앞의 가디언이 자신을 멈추게 하였다. 기합으로 바로 풀 어버렸지만 돕기는 늦은 상태였다.

　하지만 그를 도와줄 사람이 더 있었다. 어린 남자의 뒤로 한 여성이 쑥 올라오더니 그를 껴안았다. 그에게 날아온 화살 은 그를 통과해 버렸다. 미영이었다.

　"어머, 젊은 남자네."

　그녀는 자신이 구해준 남자에게 미소를 지으며 손을 흔들고 다시 아래로 사라졌다. 어린 남자는 눈앞에서 사라진 그녀를 보고 넋이 나갔다.

수리는 뒤를 돌아보았다. 그녀의 눈앞에 일행이 배 위로 올라오는 모습이 보였다.

그녀는 그들의 모습에 미소를 짓고 다시 자신을 멈춘 가디언을 향해 검을 휘둘렀다.

"아, 싫다. 이제는 배도 기어 올라가야 하고, 나중에는 성벽도 올라갈지 몰라."

헤라는 여전히 투덜거리고 있었다. 다희는 오히려 신나는 모습이었다.

"이것도 재미있는데 정말 나중에 성벽 공략을 하게 되면 정말 끝내줄 거야."

헤라는 배 위에 올라서서 뒤에 배에 올라선 다희를 이상한 눈으로 보았다. 역시 다희의 정신세계는 헤라 같은 평범한 사람은 알 수가 없었다.

아무튼 그녀들은 쇠뇌를 들어 눈앞의 가디언들에게 화살을 날렸다.

배의 고물에 모여 서로 부둥켜안고 있는 사람들 앞에 문신을 한 덩치가 나타났다. 그가 한 손을 하늘로 향하자 사람들 전체를 감싸는 반투명한 문양이 나타났다. 방패 능력이었다.

재식의 방패 능력으로 이제 부상자와 비전투원들의 안전은 보장되었다.

배를 거의 점령한 가디언들은 지구의 귀환자들에게 차례로 제거되었다. 가끔 일행을 정지시키는 가디언도 있었지만, 이쪽의 원주민 능력자들이 능력을 사용해서 마비를 풀어주었다.

그리고 결국 배 위에 올라온 모든 가디언은 일행에 의해 소탕되었다.

수리는 검을 소환 해제하고 멀리 전투를 벌이고 있는 성준을 바라보았다. 그녀의 눈으로도 전투의 속도를 따라잡기는 쉽지 않았지만 그래도 거의 대등한 전투로 보였다.

이곳도 정리되었으니 이제 주인을 도와야겠다고 수리는 생각했다.

"조합장님을 좀 도와드려야겠죠?"

그녀의 옆으로 보람이 다가와서 말했다. 그녀도 같은 생각인 모양이다.

"그런데 이곳도 지킬 사람이 필요한데, 얼마나 남아야 하나."

전투 요원이 몇 남지 않은 원주민들을 보는 수리와 보람은 착잡한 기분이었다.

"여기는 제가 지킬게요."

그녀들 앞에 한 여성이 이를 악물고 서서 말했다. 결계 능력자 야키였다. 그녀는 자신이 능력을 풀어서 피해가 커졌다는 생각에 아직도 힘이 들었지만 전투가 끝나자 바로 나선 것이다.

그녀는 자신의 능력을 활성화했다. 배를 둘러싸는 거대한 결계가 형성되었다.

수리와 보람은 그녀에게 고개를 숙이고 일행과 함께 뗏목으로 향했다. 성준을 돕기 위해선 서둘러야 했다.

자리에 남은 야키는 능력을 유지하며 멀리 강변을 바라보았다. 그곳에는 자신의 언니가 홀로 강변에 서 있었다. 야키의 눈에서 눈물이 흘러내렸다.

* * *

성준은 자신이 조금씩 밀리는 느낌이 들기 시작했다. 악마 몬스터와 자신의 능력 차이는 크지 않았다. 더구나 자신은 영기 분석과 감각을 사용해서 적의 공격을 미리 대비할 수 있어서 유리한 점도 많았다.

하지만 영기 보유량과 체력에서 차이가 났다. 악마 몬스터는 끊임없이 능력을 사용했지만, 자신은 아껴서 사용할 수밖에 없었고, 자신은 체력이 점점 떨어지는 것이 느껴졌지만,

악마 몬스터는 계속 유지되고 있었다.

"정말 재미있어! 이 정도로 잘 싸우는 인간을 직접 본 것은 처음이야! 너를 내 가디언 중 최고의 가디언으로 써줄게!"

악마 푸르손은 정말 기쁜 듯이 소리쳤다. 그는 자신이 점점 유리해지자 공격을 해대며 떠들기 시작했다.

성준은 인상을 썼다. 느낌이 간질거리는 것이 감각을 최대로 올리면 방법이 있을 것 같았다. 하지만 후유증이 너무나 컸다. 이곳은 지구가 아니어서 싸운 뒤 쓰러지면 대안이 없었다.

그렇게 성준이 뒤로 밀리고 있을 때 성준과 악마 몬스터 주위로 안개가 차오르기 시작했다. 잠시 뒤 둘은 앞도 보이지 않는 안개에 싸여 버렸다.

성준과 악마 몬스터는 서로 검과 창을 후려쳐서 거리를 벌렸다.

성준은 튕겨져 나가는 힘에 허공을 걷어차 거리를 더 벌렸다. 그는 안개를 빠져나와 다시 강변에 내려섰다. 그의 뒤에 귀환자 일행이 진형을 갖추고 서 있었다.

안개가 걷히자 악마 몬스터가 성준과 일행을 보고 으르렁거렸다.

"재미있는 싸움을 망칠 셈이냐! 이건 일대일 싸움이란 말이다!"

성준은 악마 몬스터의 말에 피식 웃었다. 웃기는 소리였다. 성준은 일행에게 악마 몬스터의 약점을 알려주고 전투 시작을 알렸다.

"사냥을 시작합니다!"

성준은 다시 몬스터를 향해 튀어 나갔고, 일행은 각자 능력을 발휘했다.

성준과 악마 몬스터는 다시 한 번 맞붙었다. 검과 창이 부딪쳤고, 힘이 모자란 성준은 다시 뒤로 튕겨 나갔다. 그런 성준을 향해 악마 몬스터가 손을 폈다. 다시 한 번 영기를 쏠 생각이었다.

그런 몬스터의 앞으로 여러 발의 화살이 날아왔다. 악마 몬스터는 앞으로 날아오는 화살을 보고 코웃음을 쳤다. 저급한 화살 공격은 자신에게 전혀 피해를 주지 못하기 때문이다.

콰콰콰쾅!

악마 몬스터의 전면에서 엄청난 폭발이 일어났다. 악마 몬스터는 뜻밖에 몸 여러 곳에 상처가 나자 얼굴을 찡그렸다.

악마 몬스터는 눈앞을 가리는 화염이 가라앉자 일행 쪽을 바라보았다. 짜증나는 놈들이다.

가가가강!

그가 바라본 일행의 머리 위에는 거대한 얼음 창이 자신을 향해 있었다. 얼음 창은 팽이가 도는 것처럼 맹렬하게 회전하

고 있었고, 마리아가 만들어내는 안개와 강물마저 빨아들이
며 점점 커졌다.

악마 푸르손은 움찔했다. 저 얼음 창은 만만해 보이지 않았
다. 그는 우선 피해야겠다고 생각했다. 그래서 땅을 박차려고
했으나 다리가 무엇에 잠긴 것처럼 움직이지 않았다.

그는 아래를 내려다보았다. 흙이 허벅지까지 올라와 단단
하게 굳어 있는데 마치 돌덩어리 같았다. 그리고 그 위로 나
무덩굴이 다리를 감싸고 올라와 허리까지 휘감고 있었다.

"하찮은 짓을!"

악마 몬스터가 몸에 힘을 주자 흙과 덩굴이 터져 나갔다.
하지만 그 때문에 얼음 창이 완성될 시간을 주고 말았다.

능력을 한계까지 사용한 보람은 덜덜 떨리는 손을 악마 몬
스터에게 향했다. 자신의 영기를 최대한 사용한 기술이다.

콰콰콰콰!

거대한 얼음 창은 맹렬하게 회전하며 악마 몬스터를 향해
날아갔다.

악마 푸르손은 이를 악물고 손을 올려 방어 자세를 취했다.
우선 이 공격을 막은 후에 저 벌레 같은 놈들부터 없애야 할
것 같았다.

쾅!

엄청난 소리와 함께 많은 양의 얼음 가루가 악마 몬스터를

뒤덮으며 사방으로 흩날렸다.

"크앙!"

악마 몬스터는 괴성을 지르며 위로 솟구쳤다. 성질이 나서 반사적으로 솟구친 것이다.

하지만 그 위에는 성준이 기다리고 있었다.

성준은 검을 쥐지 않은 손을 주먹을 쥐고 자신 쪽으로 솟구쳐 오르는 악마 몬스터를 향해 휘둘렀다.

쾅!

영기가 가득 담긴 주먹은 악마 몬스터의 얼굴에 정통으로 박혔고, 몬스터는 원래 있던 자리에 처박혔다.

땅에서 큰 먼지가 일어났다. 성준은 위에서 먼지구름을 내려다보았다. 성준의 감각에 영기가 뭉치는 것이 느껴졌다. 방향은 일행 쪽이었다. 성준은 일행을 향해 소리쳤다.

"방어해!"

먼지 구름을 뚫고 붉은 광선이 일행을 향에 발사되었다. 악마 몬스터의 영기 제어였다. 일행 앞에 급하게 방패 능력과 몇 겹의 물로 이루어진 방패가 나타났다. 보람의 레벨이 올라 물 방패가 강화된 것 같았다.

퍼퍼퍼펑!

물 방패가 광선을 막아내지 못하고 마구 터져 나갔다. 그리고 방패 능력까지 깨져 버렸다. 성준이 놀라 얼굴빛이 바뀌는

데 광선 앞에 검은 원이 생성되었다.

생성된 검은 원이 광선을 먹어버렸다.

다들 뜻밖의 사태에 눈을 끔벅였다. 악마 몬스터도 놀랐는지 먼지 속이 조용했다. 성준이 일행을 살피자 주희가 손을 올리고 있었다. 주희가 능력을 발휘해서 광선 앞쪽에 영기 공간을 열어 버린 것이다.

"와, 대단하다! 어떻게 그런 생각을 했어?"

다들 악마 몬스터를 경계하며 주희를 칭찬했다. 주희가 기쁨으로 얼굴이 붉게 물드는데 헤라가 초를 쳤다.

"그거 그 안에 들어가면 우리 물건은 괜찮은 거야?"

일행의 눈이 모두 주희에게 향했다.

"저, 들어가는 대로 구역으로 분리되니 괜찮다고 생각은 드는데… 꺼내봐야 해요.

주희가 움츠러들면서 떠듬떠듬 대답했다. 일행의 걱정은 뒤로 미뤄두어야 했다. 먼지 속에서 악마 몬스터가 걸어 나왔기 때문이다.

악마 몬스터의 모습은 엉망이었다. 온몸이 상처투성이에 양팔은 얼음 창을 막느라 피투성이고, 얼굴 한쪽은 성준의 주먹에 맞아 시뻘겋게 변해 있었다.

악마 푸르손은 어처구니가 없었다. 살아오면서 인간에게 이렇게 당한 적은 한 번도 없었다. 더군다나 자신이 방심한 것도 아니고 어디 문제가 있는 것도 아니다. 그냥 눈앞의 인간들이 강한 것이었다. 아무래도 몬스터 홀의 시스템이 이들을 성장시킨 것 같았다.

'하지만.'

그는 고개를 들어 위에서 자신을 내려다보고 있는 인간 남자를 쳐다보았다. 저 인간은 등급 외였다. 인간으로서 나타날 수 없는 존재였다. 전에 기록으로 본 것 같은 인간이 또 나타난 것이다.

아무래도 이건 악마 가미긴에게 보고해야 할 것 같았다. 자신이 앞뒤 안 가리는 성격이라고 해도 보고할 상황은 보고해야 했다. 악마 푸르손은 두려워서 피하는 것이 아니라 보고를 위해 움직이는 것이라고 자기 자신을 합리화했다.

그는 한 손은 성준을 향하고 다른 한 손은 성준의 일행을 향했다. 한 방 날리고 자리를 피할 생각이다.

성준은 바로 몬스터의 낌새를 알아챘다. 하지만 시간이 안 맞았다. 이동속도가 동급인 지금 먼저 달아나면 쫓기에 늦었다.

악마 몬스터는 양손을 내밀어 영기를 쏘고 뒤로 몸을 날렸다. 이대로 비행 속도를 올려 이곳을 벗어나기로 했다. 그는 몸을 돌려 앞을 보았다. 하지만 그곳에 그를 덮쳐 오는 사람이 있었다.

쾅!

둘은 큰 소리를 내며 서로 반대로 튕겼다. 악마 몬스터는 조금 뒤로 밀린 정도이지만 덤벼든 사람은 한참을 튕겨 나가 땅을 굴렀다.

다코타 의장은 입에 들어온 흙을 뱉으며 몸을 일으켰다. 역시 실력 차이가 컸다. 한 번 부딪친 것으로 온몸이 욱신거렸다. 하지만 악마 몬스터와의 직접 전투는 불가능해도 달아나는 것을 막기에는 충분했다.

그는 몸을 공중에 띄워 악마 몬스터 앞을 막아섰다. 그리고 자신에게 날아온 화염을 피한 성준이 왼쪽에서 악마 몬스터를 막았고, 다른 쪽은 수리와 주디의 수호룡이 있었다. 마지막으로 그의 뒤에는 그의 공격을 막아낸 일행이 진형을 갖추고 있었다.

포위망이 완성되었다.

악마 푸르손은 주위를 둘러보고는 어이가 없었다. 벌레 같은 인간들에게 자신이 몰리는 중이다. 이대로는 화가 나서 참을 수가 없었다. 죽더라도 여기 있는 인간들과 같이 가기로 했다.

그런 생각에 악마 몬스터는 이동속도 증가 능력을 활성화하고 몸을 움직이려고 했다. 하지만 또다시 몸이 덜컥 멈추었다.

의장 뒤에서 원주민들이 모여 의장과 함께 악마 몬스터를 향해 손을 펼치고 있었다. 현상 제어로 악마 몬스터를 잠깐 묶은 것이다.

마비된 악마 몬스터를 향해 성준이 달려들었다.

* * *

전투는 강변을 쑥밭으로 만들어놓았다. 악마 몬스터의 방어력은 지독할 지경이었다. 전투 중 제대로 상처를 입힐 수 있는 사람은 성준밖에는 없었고 다른 사람들은 견제 정도만 가능했다.

더군다나 가끔 손에서 튀어나오는 영기는 얼음, 불, 광선 등으로 변하며 주위를 날려 버리기도 했다. 그때마다 보람과 재석, 호영, 그리고 주희까지 나서서 막아내느라 정신이 없었다.

하지만 성준의 존재는 악마 몬스터로 하여금 주위를 신경 쓰지 못하게 했다. 일대일로 싸울 때도 거의 차이가 없었는데 주위의 방해가 있자 성준이 악마 몬스터를 압도하기 시작했다.

특히 원주민들의 잠깐이나마 몸을 마비시키는 능력은 성준과 악마 몬스터처럼 고속으로 움직이며 전투하는 이들에게는 치명적인 약점으로 작용했다.

결국 얼마 지나지 않아 성준은 악마 몬스터의 팔을 영기압
축으로 날려 버렸다.

악마 몬스터는 성준을 멍하니 바라보았다. 자신이 이렇게
지는 것이 이해가 안 되는 모양이다. 악마 몬스터는 팔이 잘
리면서 피부 강화 능력이 멈춘 상황이었다. 악마 몬스터는 성
준에게 무슨 말을 하려는 것 같았지만, 성준은 그대로 몬스터
의 목을 잘라 버렸다.

성준은 몸을 돌려 일행을 바라보고 전투 종료를 알렸다. 그
의 뒤로 목이 날아간 악마 몬스터가 쓰러졌다.

"악마 몬스터를 제거했습니다. 수고하셨습니다."

성준의 뒤로 검은 영기가 솟구쳐 올라갔다.

검은 영기가 하늘로 솟구치고 있는 것을 배경으로 온몸에
피를 흘리며 걸어오는 성준의 모습은 전설에 나오는 영웅처
럼 보였다.

눈이 몽롱해지는 미리를 보고 다희가 머리를 쥐어박았다.

"정신 차려라. 너마저 어장에 빠지면 곤란해. 지금도 정신
없어 죽겠는데 일 늘리지 말고 주변에서 멋진 사내 녀석 찾아
봐."

"아야, 말도 안 돼요. 매번 이런 장면 보면서 오락실에 들
락거리며 자기가 꼬맹이들 상대로 몇 승 했다고 자랑하는 아

기들하고 사귀라고요?"

그 말을 듣고 그녀의 친구들이 고개를 끄덕였다.

"그건 그래. 눈높이가 하늘을 찌르는데 보통 놈들은 눈에 들어오지도 않지. 주변에 쓸 만한 남자들이 있다면……."

말을 끌며 혜라가 주변을 둘러보았다. 그녀의 시선이 베르거 교수와 호영과 재식, 그리고 빡빡머리인 병장 제대병 두 명을 훑었다.

"대안은 정 교관 정도인가."

혜라는 곰곰이 생각에 잠겼다.

*　　　*　　　*

뒷정리가 시작되었다. 사람들은 구슬을 회수하고 부상자를 치료했다.

뒷정리를 하는 동안에는 하은이 제일 바쁘게 움직였다. 조금이라도 생명이 붙어 있는 사람들을 살리기 위해 그녀는 자신의 능력을 최대한 사용했다.

일행은 그나마 큰 부상자가 없어서 금방 치료되었지만, 원주민들은 치명적인 타격을 입은 상태였다.

배는 한 척이 완전히 전소하였고 다른 한 척은 갑판이 상당히 파손된 상태였다. 이건 수호룡의 잘못도 있어서 수호룡은 작아져 주디의 머리 뒤에 숨어 있었다.

두 척에 있던 사람 중 살아남은 사람은 반도 안 되었다. 불 탄 배 쪽의 공격대 사람들은 그나마 살아남은 사람이 거의 없었다. 불속에서 반이 죽고 나머지 반도 몸을 던져 가디언들의 공격을 막은 것이다.

이제 살아남은 사람은 30명도 안 되었다.

그리고 가장 큰 문제는 2레벨의 결계 능력자가 죽은 것이다. 다들 온몸을 던져 막았지만 결계 능력자 두 명을 다 지킬 수는 없었다.

그 이야기를 듣는 다코타 의장의 표정에는 아무 변화가 없었다. 하지만 유먼은 의장의 눈에서 깊은 절망을 보았다.

이제 일족의 미래는 없게 되었다. 한 명의 결계 능력자로는 24시간 결계를 칠 수가 없었다. 이제 그들은 어디로 가도 더는 악마들의 시선에서 숨을 수 없었다.

유먼의 보고를 듣고 의장은 한쪽에 모여 장비를 정비하고 있는 외계인들을 바라보았다.

이 별도 처음 몬스터 홀이 열렸을 때 온 세계 사람들이 힘을 합쳐 그들에게 대항했다. 하지만 4레벨 몬스터 홀이 열리고 따라잡지 못한 그들은 결국 온 하늘에 주술진이 가득한 것을 보게 되었다. 나중에 4레벨이 되었지만 이미 늦은 상태였다.

그 뒤로는 능력자들을 모아 몬스터들과 죽어서 부활한 자신의 동족들을 피해 다녔다. 그는 운 좋게 결계 능력자들을 만날 수 있어 성역이라고 불리는 대피소를 만들 수 있었다. 그곳에서 결계의 힘으로 조금씩 작물도 키우면서 힘을 길렀다.

하지만 얼마 뒤 모든 세상이 영기로 가득 차자 악마들이 이 별로 내려왔다. 그들의 힘은 막강해서 결계로 숨은 자신들을 제외한 모든 인간이 죽음을 면치 못했다. 그들은 더욱 결계 안에 숨게 되었다.

자신들은 숨어서 능력을 전승하는 문신을 만들어내고 성역 안에서 아이를 낳아 키우며 여태까지 버텨왔다.

하지만 이제 남은 것은 이 인원이 전부이다. 그리고 마지막 보루이던 결계도 이제 끝이 났다.

그는 외계인들 사이에 서 있는 성준을 바라보았다. 자신도 저 젊은이처럼 빛나던 시절이 있었다. 하지만 지금은 지쳐 버린 늙은이였다.

그는 뒤를 돌아보았다. 일족이 두려운 표정으로 자신을 보고 있다. 그들도 상황을 알고 있을 것이다.

그는 일족을 향해 천천히 움직였다. 이대로 주저앉을 수는 없었다. 자신은 이들의 의장이었다.

그는 일족에게 본인의 생각을 이야기했다. 그는 이번에는 자신의 생각을 확신할 수 없었다. 하지만 그들은 그의 이야기에 모두 동의했다.

이야기를 마친 다코타 의장은 성준에게 다가갔다. 성준이 의아한 표정으로 바라보자 의장이 성준에게 말했다.

"자네들이 하려는 일에 우리도 참여하겠네. 악마 몬스터를 잡으러 가세나."

놀란 눈이 된 성준을 보며 의장은 생각했다. 이번 결정은 틀릴 수도 있을 것 같았지만, 어차피 대안은 없었다.

"자네는 틀리지 않기 바라네."

성준은 이 별 원주민들의 참가에 반가워했다. 이로써 전력은 훨씬 보강되었다. 더군다나 배도 사용할 수 있으니 더욱 잘되었다.

이 별 사람들은 동료와 가족을 잃은 슬픔을 무릅쓰고 모두 바쁘게 움직였다. 낮은 레벨 사망자의 시체도 처리하고 배도 수리해야 했다.

일행과 앉아 잠시 쉬고 있던 성준은 한 여성이 강변을 걸어가는 것을 보았다. 그녀의 앞에는 멍한 표정의 한 여성이 서 있었다. 성준은 멍하니 서 있는 그녀의 모습에 의아해서 정보를 확인했다.

─정지 가디언.

―1등급.

―살라시족, 종족 수호형.

―특이 능력: 결계 추격, 현상 파악.

―약점: 등급이 낮아 특이 능력이 한정적으로 작동.

―마스터: 소멸.

―허무.

―마스터의 소멸로 대상을 블록합니다.

가디언이었다. 성준은 가디언의 정보를 보고 어떻게 악마 몬스터가 결계를 치고 숨어서 이동하는 이 사람들을 따라왔는지 알게 되었다.

그리고 그는 걸어가는 여성이 누군지 알아보았다. 결계를 만들던 여성이었다. 성준이 보기에는 두 여성의 생김새가 상당히 비슷해 보였다.

"자매인 것 같은데요?"

성준의 옆에 있던 수리가 그가 보는 방향을 바라보고 말했다.

"아마도."

성준도 그녀의 생각에 동의했다.

수리는 멍하니 서 있는 가디언을 보고 고개를 갸웃거렸다. 그녀는 서 있는 여성이 가디언인지 바로 알아보았다.

"가디언치고는 약해 보이네요."

"어, 1레벨이더라고."

그의 말에 수리가 고개를 끄덕였다.

"아무래도 시스템으로 만든 것이 아니라 구슬을 강제로 섭취한 모양이에요. 시스템으로 조절하지 않으면 초기화되니까요. 악마 몬스터가 급한 상황이 있었나 봐요."

성준은 수리의 말에 감각으로 상황을 파악할 수가 있었다. 아마 저 여성은 그들이 숨어 있던 곳에서 악마 몬스터에 당해 가디언 구슬이 된 것 같았다. 악마 몬스터는 이들을 쫓기 위해 구슬을 바로 가디언으로 만들어서 그녀의 안내로 이곳까지 따라온 모양이었다.

결계 능력자인 여성은 가디언을 붙잡고 사방을 둘러보았다. 아마 도와줄 사람을 찾는 모양이었다.

"도움이 필요한 모양이네."

성준은 자리에서 일어나 그녀를 향해 다가갔다. 성준은 멍하게 서 있는 가디언을 안아 들었다. 가디언을 들어 올리니 축 늘어져서 안아 들기에는 어려움이 없었다. 성준은 그녀의 말에 따라 가디언을 들고 배로 이동했다. 성준의 뒤를 따라 수리가 같이 움직였다.

다른 성준의 가디언들도 따라 움직이려고 했으나 수리가 그들을 제지했다. 이미 상하 서열이 만들어진 것 같았다.

성준이 가디언을 안고 도착한 배 안쪽의 커다란 선실은 누워 있는 가디언들로 가득했다. 이 가디언들은 악마 부네의 신전에서 몰래 데리고 나온 가디언들이었다.

그는 야키라고 불리는 결계 능력자의 요청에 따라 자신이 들고 온 가디언을 한쪽에 눕혔다. 그 모습을 야키와 수리가 바라보았다.

야키는 자리에 눕혀진 가디언의 옆에 앉았다. 그녀는 가디언의 옆에 앉자 멍하니 하늘을 바라보는 가디언의 눈을 감겨 주었다.

성준은 주위를 둘러보며 야키에게 물었다.

"왜 가디언들을 이렇게 모아놓는 거죠?"

성준의 물음에 그녀는 쓴웃음을 지었다.

"희망이죠. 아니면 꿈이거나. 언젠가 이들이 우리에게 돌아올 것이라는……."

그녀는 자신의 언니를 바라보며 말을 이었다.

"우리 별이 멸망하고 20년 정도 지난 뒤에 한 명의 외계인이 한 명의 가디언을 데리고 이곳에 왔대요. 그는 자신을 막아서는 악마 몬스터를 베어버리고 악마들의 성으로 뛰어들었다고 해요. 모두 그가 악마 몬스터들을 없애 버리고 우리를 구원할 것으로 생각했지만, 그 뒤로 그를 본 사람은 없었대요."

그녀의 목소리가 높아졌다.

"하지만 그가 데리고 다니던 가디언은 자신의 의지대로 움직이고 있었다고 해요! 그것을 보고 우리는 그에게 제거된 악마 몬스터의 가디언을 한곳에 모았어요! 언젠가 다시 정신을 차릴 수 있을지도 모른다는 생각으로요! 살아남기 위해 가디언들과 싸우지만, 원래 그들은 우리의 동포이자 가족이었으니까요!"

그녀는 조용히 언니를 바라보았다.

"이렇게 보면 정신만 차리면 다시 나와 이야기할 수 있을 것 같기도 해요."

성준은 그녀의 말을 듣고 조용히 자리를 빠져나왔다. 그들의 꿈을 깰 필요는 없을 것 같았다.

"그들에게 사실을 알려주지 않을 생각이신가 봐요?"

성준은 수리의 말에 고개를 흔들었다.

"사람들은 희망이 필요하니까. 어차피 그 안에 있는 가디언 중 고유 능력자는 하나이고 그마저도 아무 의지도 느껴지지 않았어. 더군다나 능력마저 떨어져서 가디언의 삶이 끝나면 구슬이나 남을지 모르겠군."

성준의 말에 수리도 쓸쓸한 표정으로 고개를 끄덕였다.

*   *   *

출발 준비는 점심때쯤 끝이 났다. 일행은 모두 식사를 하고 출발하기로 했다.

성준의 일행은 긴장한 표정으로 음식과 물건들이 주희의 영기 공간에서 빠져나오는 모습을 바라보았다. 주희가 악마 몬스터의 공격을 영기 공간으로 먹어버리는 모습을 봐서 그 안의 물건들이 무사할지 걱정되었던 것이다.

다행스럽게도 음식과 장비는 이상이 없었다. 모두 안도의 한숨을 내쉬었다. 허공에서 물건들이 나오는 모습을 보고 원주민들은 신기해했고, 그 뒤 일행과 원주민들은 각자 식사를 하고 배를 출발시켰다.

배는 아직도 불타고 있는 다른 배를 지나 뒤에 뗏목 하나를 매달고 강을 내려가기 시작했다. 공격대 중에 살아남은 몇 명의 원주민은 불타는 배를 쓸쓸히 바라보았다.

아래로 내려가던 배는 어느 순간 물살을 가르며 가속하기 시작했다. 보람이 능력을 사용한 것이다.

배는 항구도시 뭐번을 지나 해변을 타고 위로 올라가 마지막 도시인 럼비에 도착하는 것이 목표였다. 그곳에 악마 몬스터들이 모이는 성이 있었다. 그곳이 성준이 가고자 하는 목적지였다.

배는 중간에 이들의 도피처에서 밤을 지낸 후에 다시 움직이기로 했다.

성준은 이들이 같이 가기로 결정을 내리자 다코타 의장과 유먼에게 몬스터와 가디언들, 그리고 악마 몬스터와 싸워온 이야기를 해주었다. 같이 싸우게 되었으니 정보를 공유할 필요가 있었다. 단지 자신의 가디언들이나 개인적인 능력은 빼놓았다.

성준이 여태까지 싸워온 이야기를 듣고 의장은 속으로 한숨을 내쉬었다.

'배에서 이들을 떠나게 하지 않았으면 모두 살 수 있었을까?'

잠시 생각하다가 의장은 고개를 흔들었다. 그 당시에는 이들의 전력에 대한 정보가 없었다. 떠나보내는 것이 당연했다. 그리고 후회를 해보았자 아무 의미가 없었다.

"그 가미긴이라는 악마가 자신의 능력을 강화하기 위해 다른 악마들을 잡아먹었다는 거로군."

의장의 말에 성준은 고개를 끄덕였다.

"그럼 남은 악마 몬스터는 몇 마리지?"

의장의 질문에 성준은 악마 부네의 기억을 더듬어보았다. 부네가 지구로 떠날 때 남은 악마의 수는 가미긴을 제외하고 셋이었다. 그중에서 하나가 죽었으니 남은 악마는 둘이다.

"가미긴까지 셋이네요."

성준의 말에 의장의 얼굴이 어두워졌다.

"이 전력으로는 어렵겠군."

성준도 의장의 말에 동의했다.

"각개격파를 하거나 가미긴만 빨리 잡아야 할 겁니다. 정면으로 붙으면 방법이 없습니다."

성준과 다코타 의장은 고민에 잠겼다. 그 와중에도 배는 빠른 속도로 뭬번을 향해 나아갔다.

*　　*　　*

악마 가미긴에게 보타스를 추격하라는 명령을 받은 악마 엘리고르는 보타스의 영지에 도착했다. 영지 자체가 다른 대륙에 있어 시간이 오래 걸린 것이다. 그는 시간이 지체된 것에 투덜거리며 신전 안으로 들어갔다.

그리고 그는 멍하니 서 있는 가디언들을 보았다. 얼굴을 찡그린 그는 서 있는 가디언 하나를 목을 잡고 들어 올려 가디언의 눈을 들여다보았다. 가디언의 눈은 초점 없이 탁했다. 이 가디언의 마스터가 제거된 것이 분명했다.

그는 잡고 있던 가디언을 던져 버리고 성질을 냈다. 분명 지구로 내려간 악마 부네가 보타스의 제거에 성공한 것이 확실했다. 괜히 이곳까지 와서 시간만 낭비했다.

그는 신전의 중심까지 왔고, 이리저리 꼬여 버린 공간 연결진 때문에 한 번 더 성질을 냈다. 누군가 잘못 건드려 연결이 꼬여 버린 것이다(이때 뭬번을 향하는 배 위에 있던 베르거 교수는 귀가 가렵게 느껴졌다). 반대편 연결진이 다른 곳과 연결되어 이 공간 연결진은 사용할 수가 없게 됐다.

이래서는 가미긴에게 연락도 못 하게 되었다. 성질이 난 그는 이곳에서 잠시 쉴까 생각했다. 하지만 바로 계약 판정 불가가 떨어졌다. 종속 계약은 꼭 이런 데서 고지식했다.

그는 구시렁거리며 다시 하늘로 올라가 가미긴에게 돌아갔다.

*　　　*　　　*

배는 보람의 능력으로 저녁이 되기 전에 항구도시 뭬번에 도착했다. 하지만 배는 뭬번을 지나 바다로 나가기 시작했다.

성준은 눈앞으로 지나가는 뭬번을 바라보았다. 뭬번은 상당히 발달했던 항구인 모양이었다. 거대한 많은 배가 흉물스럽게 녹슬어 물에 잠겨 있고 부두에는 엄청나게 많은 물건이 부서져 먼지가 쌓여 있었다.

성준은 뭬번을 보며 옆에서 같이 항구를 보고 있는 유면에게 말했다.

"지금 가는 곳이 비상용 도피처인가요?"

"최후의 도피처죠. 만약을 대비한 식량과 비상용품, 그리고 무덤이 있는 우리의 마지막 안식처죠. 우리는 처음 그곳에 숨어 있었어요. 그런데 결계사들을 만나 육지에 새로운 성역을 만든 거죠."

성준은 의문이 들었다.

"그대로 있어도 되지 않았나요? 왜 육지 한가운데로 나온 거죠?"

"그곳은 도망칠 곳이 없는 섬이니까요."

배는 바다로 진입해 육지를 뒤로하고 앞으로 나아갔다. 눈앞에 드문드문 섬이 보이기 시작했다.

배는 보람의 도움으로 한 시간 만에 작은 섬에 도착할 수 있었다. 유면의 말대로 주변에는 다른 섬이 없어 악마들의 눈을 속이고 도망칠 방법이 보이지 않았다.

섬의 한쪽은 암벽이 모여 있는 암벽 지대였고, 다른 쪽은 산림으로 되어 있었다. 배는 암벽 쪽으로 움직여 암벽 사이로 들어가기 시작했다. 암벽 사이는 위쪽으로 갈수록 점점 좁아져 하늘이 거의 보이지 않았다. 천연의 요새였다.

그렇게 잠시 움직이자 배는 암벽으로 둘러싸인 항아리 모양의 작은 해변에 도착했다. 그곳에는 조그마한 선착장도 있었다.

잠시 뒤 배가 멈추자 원주민들은 배 안에 있는 가디언들을 옮기기 시작했다. 성준과 일행도 원주민들을 도와 가디언들을 옮겼다.

가디언들은 동굴을 파서 만든 홀 안으로 옮겨졌다. 그곳은 상당히 넓은 공간이었는데 원래 있던 동굴을 확장한 것 같았다.

그 안에는 이미 가디언 수십 구가 누워 있었다. 그들은 80년 전 외계인에게 죽은 악마 몬스터의 가디언들이었다. 이들이 그 당시에 빼돌린 것 같았다. 모두의 몸에는 먼지만 약간 쌓여 있을 뿐 마치 잠자는 것 같았다.

성준은 가디언들에게 영기 분석을 걸어보았다. 그리곤 곧 마음속으로 고개를 흔들었다. 여기 있는 가디언들은 껍데기였다. 솔직히 이들을 영기로 돌려보내고 구슬을 얻는 것이 좋을지도 몰랐다. 하지만 그것은 이들이 결정할 일. 성준은 가디언들을 옮기는 것을 계속 도왔다.

가디언을 모두 홀 안에 눕혀놓고 원주민과 지구의 귀환자들은 간단한 의식을 끝으로 모두 밖으로 나갔다. 그리고 거대한 바위 하나를 여러 명의 원주민이 능력을 사용해서 밀기 시작했다. 잠시 뒤 홀은 바위로 완전히 밀봉되었다.

그리고 마지막 도피처인 작은 섬에서 저녁노을을 배경으

로 봉화가 피어오르기 시작했다.

성역 밖으로 정찰을 나간 일족 중 아직 돌아오지 못한 사람들은 성역에서 올린 봉화로 모두 이곳 도피처로 오고 있을 것이 분명했다. 섬에서 피어오르는 봉화의 내용은 모든 살아 있는 일족은 항구도시 뭬번으로 모이라는 봉화였다.

다코타 의장은 비전투 요원을 제외한 모든 사람을 모아 악마 몬스터를 상대로 최후의 결전을 할 생각이었다.

제2장
결전

MONSTER HOLE

악마 가미긴의 표정은 심각했다. 다른 별에 있는 종속 계약 악마와는 거리가 멀어 살았는지 죽었는지 확실하지 않을 경우가 많았다.

그래서 악마 부네의 상태를 정확하게 알 수가 없었다. 하지만 낮에 발생한 악마 푸르손의 소멸은 확실히 인지할 수 있었다.

누군가 이 별에서 자신의 계약 악마를 죽인 것이다. 그는 이 사태를 어떻게 해야 할지 한참을 고민했다.

숨어 있던 자신의 종족이 자신에게 대항해서 계약 악마를 죽인 것일 수도 있었다. 하지만 그 경우는 극히 희박했다. 자신들이 파견되어 온 100년 동안 다른 인원은 존재하지 않았다. 그전에 와서 100년이나 숨어 있다니 그런 끈기가 자신의 종족에게 있을 리가 없었다.

아니면 숨어 있는 원주민 잔당이 힘을 모아 죽인 것일 수도 있었다. 잠시 그런 생각을 하다 가미긴은 피식 웃었다. 말이 안 되는 생각이었다. 몬스터 홀이 모두 제거된 이 별에서 자신들의 눈을 피해 능력을 향상할 방법은 없었다.

마지막으로 악마 보타스가 돌아온 것일지도 모른다. 푸르손의 연락에 의하면 부네 신전의 공간 연결진이 열렸다는 이야기가 있었다. 푸르손과 자신은 부네가 돌아온 것으로 생각했지만, 그 공간 연결진으로 보타스가 넘어왔을 수도 있었다.

가미긴의 표정이 더욱 심각해졌다. 만일 그렇다면 보타스가 이미 부상을 치료했다는 이야기다. 그 후에 자신을 찾아온 부네를 제거하고 부네의 공간 연결진으로 이 별로 넘어왔을 것이다. 그리고 자신을 향해 오는 중에 푸르손을 제거한 것이다.

가미긴의 생각으로는 보타스가 살아온 것이 제일 가능성이 높아 보였다. 그렇게 되면 악마 부네가 죽었다고 믿은 것이 옳은 것이 된다. 자신의 실수를 극히 싫어하는 가미긴으로

서는 그 하나만으로도 이 생각이 거의 진실로 생각됐다.

만약 이 내용이 사실이면 보타스가 고유 능력을 얻은 게 분명했다. 그렇지 않으면 부네는 모르지만 푸르손을 이길 방법이 없었다.

가미긴은 고민을 거듭했다. 동족 영기 강탈로 이미 많은 수의 영기를 흡수해 강력해진 자신이 그에게 질 리는 없지만, 자신의 눈을 피해 본성에 정보라도 보내면 큰일이었다.

가미긴은 자리에서 일어났다. 망가뜨린 본성과의 공간 연결진을 아예 제거해야 할 것 같았다. 어차피 이 별과 연결된 행성들을 먹어치우려면 많은 시간이 걸릴 게 분명했다. 공간 연결진을 제거하면 이쪽으로 넘어올 방법이 아예 없어지고 다시 연결하려면 엄청난 시간이 필요할 것이다.

문제는 아예 본성과의 연결을 제거하면 이쪽도 본성과 연결할 방법이 사라지는 것이다. 하지만 어차피 반란을 생각하고 있는 지금 본성과 완전히 단절되는 것도 나쁘지 않게 생각되었다.

그는 연결진을 부수기 위해 이 성의 중앙 홀로 움직였다. 그 뒤로 조용히 악마 몬스터가 뒤를 따랐다.

*   *   *

다음 날 아침, 섬에서 하룻밤을 보낸 사람들은 빠르게 식사를 하고 배에 올라탔다. 원주민들은 비상식량과 장비를 배에 실었다.

그리고 잠시 뒤 배는 10여 명의 원주민을 섬에 두고 육지를 향해 떠났다. 남은 사람들은 비전투원들로 어리거나 전투 능력이 없는 여성들이었다. 아마 성준의 일행과 원주민들이 승리하지 못하면 이곳에 있다가 악마 몬스터나 가디언들에게 발견돼서 죽을 것이다.

성준은 작은 해변에 서서 암벽 사이로 사라져 가는 배를 바라보는 원주민들을 바라보았다. 이제 이 섬에는 그들과 주인 없는 가디언들만이 남게 되었다. 만약 자신들이 성공하지 못하면 그들은 가디언들과 함께 이곳에서 죽어갈 것이다.

배는 빠른 속도로 항구도시 뭬번으로 향했다. 다행히 날씨는 나쁘지 않아 바다는 잔잔했다. 보람의 도움으로 얼마 걸리지 않아 배는 뭬번의 항구에 도착할 수 있었다. 배가 항구에 접근하자 부서진 건물들 사이에서 10여 명의 사람이 나타났다. 의장이 다른 지역으로 정찰을 보낸 사람들이었다.

배는 녹슬어 방치된 다른 거대한 배들 사이를 지나 천천히 선착장으로 다가갔다. 잠시 뒤 원주민들은 선착장에 배 를 붙이고 닻을 내렸다.

선착장에서 배를 기다리던 사람들은 바로 배에 뛰어올랐

다. 그들은 그동안의 일을 궁금해했는데 사람들의 이야기를 듣고 모두 슬퍼했다. 사람들이 안정을 찾자 다코타 의장은 그들에게 앞으로 외계인들과 같이 하려는 일에 대해 설명했다.

"…이렇게 된 것이야. 비전투원들은 모두 섬에 남겨놓았네. 솔직히 자네들에게는 미안할 따름이야. 하지만 마지막으로 한 번 더 부탁하네."

그는 자신의 부하들에게 고개를 숙였다.

"오랜만이네요, 다코타 아저씨가 부탁하는 건. 한 100년 가까이 된 것 같죠?"

한 30대 정도로 보이는 남자가 대표로 나서서 의장에게 친근하게 이야기했다. 하지만 분위기가 묘하게 묵직한 것이 보기보다 훨씬 나이가 든 것 같았다.

"그렇게 되나? 아마 그랬을지도."

그 남자의 말에 의장은 기억을 더듬는 것처럼 보였다.

"아마도 이번 일에 확신이 없는 모양이네요. 의장님이 다른 사람에게 부탁하는 것은 항상 확신이 없을 때뿐이니까요."

그는 다시 공식적인 지위로 의장을 대했다.

"그렇다네. 대안이 없어서 결정한 걸세. 언제 멸망하느냐의 차이니까. 발버둥이라고나 할까?"

의장은 많이 편해 보였는데 둘의 분위기는 상하관계가 아니라 오래된 전우 같은 느낌이었다.

"그럼 발버둥을 쳐야죠. 다들 동의하지?"

그의 말에 이 자리에 있는 모두가 고개를 끄덕였다. 이곳에 있는 사람들의 리더 정도 되는 사람인 모양이다.

이야기가 끝나고 다른 이들은 모두 기존의 사람들과 어울리고 있는데 방금 이야기한 남자가 성준에게 다가왔다. 성준이 파악하기로 3레벨인 그 남자는 성준에게 인사했다.

"난 정찰대 리더를 맡고 있는 와코스라고 합니다. 만나서 반갑습니다."

와코스라는 남자는 상당히 긍정적인 성격인 것 같았다. 많은 이들이 죽고 뒤가 없는 결사대로 가면서 밝은 표정을 유지하는 것이 대단했다.

"반갑습니다. 최성준이라고 합니다."

"다코타 의장님이 여러분의 실력에 대해 기대가 보통이 아닌가 봅니다. 의장님이 저러는 것을 결계 능력자들 만났을 때 이후로 처음 봤어요."

그의 말에 성준은 쓴 미소를 지었다. 그도 인사만 하러 온 것인지 사람들을 한번 둘러보고는 자신의 자리로 돌아갔다.

그가 멀어지자 성준의 표정이 굳어졌다. 성준의 감각과 정보 분석에 와코스라는 남자가 상당히 이중적인 인물로 나왔기 때문이다. 겉으로는 활기차 보이지만 내면은 어둡고 욕망이 억눌려 있는 상태였다.

성준은 한숨을 내쉬었다. 세상에 그런 사람은 별처럼 많았다. 자신이 사람을 걸러서 받아들이고 이 별 사람들도 순수해서 그동안 자신이 자주 못 보았을 뿐이다. 성준은 그에 관해 관심을 거두었다.

배는 항구에서 나와 해안을 따라 이동하기 시작했다. 이 배의 속도로 삼 일 정도 이동하면 럼비라는 거대 도시가 나온다고 했다. 그 도시의 중심부에 악마들이 있는 성이 있는데 그곳이 일행의 목표였다.

성준이 얻은 기억으로는 원래 그곳은 악마들의 본성이라는 별과 이 별을 연결하는 공간 연결진이 있고 악마 몬스터들이 모여 회의를 하는 장소였다. 그런데 가미긴이라는 악마가 동족 영기 강탈이라는 능력을 얻은 후 회의를 소집해서 이곳에 있던 악마 몬스터들을 먹어치운 것이다.

그리고 악마 가미긴은 그 성에서 지내면서 성이 있는 도시 전체를 자신의 영지로 만들었다.

보람 덕분에 그날 저녁노을이 질 때 멀리 럼비라는 도시의 실루엣이 보이는 해변에 배를 댈 수 있었다.

이대로 도시로 들어가다 가디언이나 몬스터에게 들키면

배 위에서 전투가 벌어지게 되니 도시에 도착하기 전에 내리기로 한 것이다.

해변에 최대한 가깝게 배를 붙인 후 닻을 내리고 일행은 보트와 뗏목을 이용해 해변으로 올라섰다.

모두 해변에 올라서자 이미 해가 져서 어두웠다. 일행은 바로 잠자리를 만들기 시작했다. 성준 일행의 원터치식 텐트에 새로 합류하게 된 사람들이 조금 놀란 표정을 짓기도 했지만, 그날 밤은 모두 조용히 잠들었다.

불침번의 수고가 무색하게 그날 밤은 조용히 지나가고 다음 날 아침이 밝았다. 일행은 빠르게 아침을 먹고 출발 준비를 했다. 모두의 표정은 전투에 대한 긴장으로 굳은 상태였다.

배는 성준을 보고 달아났던 호무아라는 소년에게 지키게 했다. 소년은 자신도 전투에 참여하겠다고 항의했지만, 저번 실수에 대한 벌이라는 이야기에 마지못해 수긍했다.

해변에서 빤히 바라보는 소년을 뒤로한 채 지구인 20명, 원주민 30명은 도시를 향해 달리기 시작했다.

*　　*　　*

2시간 뒤, 도시가 내려다보이는 산 위에서 일행은 작전을 다시 확인했다. 우선 이동속도가 빠른 사람들이 도시 내부로 진입해 소란을 피우고 영지의 감시 체계에 발각된 후 악마 몬스터를 일행이 모인 곳으로 유인하는 것이 첫 번째 작전이었다.

도시가 악마 몬스터의 영지가 되면 그 영지의 주인인 악마 몬스터에게 낯선 지성체의 접근을 알려주는 기능이 활성화되었다. 그래서 수십 년 동안 숨어 있던 원주민들이 도시에 접근하지 못한 것이다.

하지만 이대로 인원 전부가 도시에 진입하면 도시에 있는 모든 악마 몬스터가 나올 수도 있었다. 적은 인원으로 보여 어떡하든 하나씩 따로 떨어뜨려야 했다.

정오의 태양 아래 속도가 빠른 정찰팀 소속의 원주민들이 도시를 향해 달려갔다. 지구인들은 모두 제외되었다. 변수는 최대한 줄여야 했다.

남은 사람들은 영지화 된 도시 밖에 함정을 만들고 숨어 있기로 했다. 남은 일행은 모두 산에서 내려가기 시작했다.

* * *

중앙 홀에 있는 공간 연결진을 파괴하고 자신의 자리로 돌아가 생각에 잠겨 있던 악마 가미긴은 뇌리에 스치는 이

미지에 고개를 들었다. 자신의 영지에 방문자가 있는 것 같았다.

그가 허공에 손짓하자 화면 하나가 허공에 나타났다. 뺨에 문신이 있는 인간들이 파괴된 도시의 도로를 달리고 있었다.

그가 예상한 방문자가 아니었다. 악마 보타스가 나타날 줄 알았는데 원주민들이었다.

헛웃음을 지은 그는 손을 들어 한 명 남은 악마를 불렀다. 가미긴은 80년 만에 나온 원주민들이 신기했지만 보타스를 상대해야 하기에 더는 신경 쓸 상황이 아니었다.

"도시의 남쪽에서 원주민들이 도시에 침입했다. 가디언들의 임시 마스터의 권한을 줄 테니 모두 죽이도록. 그리고… 잠깐만."

가미긴은 말을 멈추었다. 그는 눈앞의 화면을 노려보았다. 아무래도 꺼림칙했다. 분명히 악마 푸르손이 마지막으로 연락할 때 그가 말하기를 원주민을 발견해 제거한다고 했다. 그런데 얼마 지나지 않아 푸르손이 오히려 죽어버렸다. 악마 보타스와 원주민, 분명히 둘 사이와 연관이 있었다.

'보타스가 원주민을 가디언으로 만들어 우리를 속인다?

가미긴은 고개를 흔들었다. 가디언을 가디언이 아닌 것으로 속이는 기술은 존재하지 않았다.

'그럼 보타스가 원주민하고 합작했다?'

가미긴은 자기 생각에 어이가 없었다. 말이 안 되는 이야기였다. 하지만 좀 더 생각해 보니 협박했을 수도 있을 것 같았다.

아무튼, 기분이 찜찜해서 이대로 이곳에 하나 있는 계약 악마를 그냥 보낼 수는 없었다. 자신이야 문제없지만, 눈앞의 악마가 죽어버리면 곤란했다.

"확인해 보면 되겠지."

악마 가미긴은 계약 악마 라볼라스에게 세세하게 지시를 내렸고, 악마 라볼라스는 가디언들을 데리고 악마들의 성을 나섰다.

남아 있는 가미긴의 눈이 빛났다. 누구든 상관없었다. 이미 자신은 완성되었다.

그는 눈앞에 떠 있는 모든 영상을 확인했다. 전부 100%를 나타내고 있었다. 그는 모든 화면을 없애 버렸다. 이제 자신에게 먹힌 악마의 몬스터 홀은 모두 자신 소유가 되었다.

이제 온전하게 지구는 자신의 것이다.

도시에 네 명의 남자가 건물을 건너뛰며 빠른 속도로 악마들의 성 쪽으로 달리고 있었다. 정찰대 리더인 와코스와 정찰대 중 가장 빠른 세 명이었다. 이제 조금만 더 가면 악마들의 성이 보일 것이다.

와코스는 건물 사이를 뛰어넘으면서 앞으로의 계획을 점검했다. 이야기를 들으니 이번에 온 외계인들이 악마 몬스터를 잡았다고 했다. 대단한 실력이었다. 자신도 그 이야기를 듣고 희망을 품게 되었다.

하지만 남은 악마 몬스터가 세 마리라고 했으니 제대로 각개격파를 하지 않으면 질 수밖에 없어 보였다.

우선 와코스는 이번 악마 몬스터를 처리하는 것을 보고 발을 뺄지 계속 도울지 고민하기로 했다. 저 외계인들을 보니 자신들보다 발전된 문명을 가지고 있고 더구나 악마들의 공격도 더 잘 막고 있는 것 같았다.

만약 처음 전투를 예상외로 고전하면 사람들을 잘 구슬려서 이곳을 방문한 외계인의 행성으로 발을 빼는 것도 생각해 볼 만했다.

자신은 이 지옥 같은 곳에서 100년이나 보냈다. 아직도 의장 늙은이는 이 별을 살려보려고 애쓰고 있지만 어림없는 소리였다. 80년 전, 외계인이 방문했을 때 놓쳐 버린 기회를 이번에는 꼭 잡아볼 생각이었다.

와코스의 눈에 건물 위로 인영이 보이기 시작했다. 멀리 가디언들이 건물 위로 뛰어오르고 있었다. 적이 나타난 것이다. 와코스와 정찰대는 반쯤 무너진 건물 위에 내려섰다. 지금부터 시작이었다. 이제 적이 눈치채지 못하게 유인해야 했다.

'악마야, 제발 나타나라.'

와코스는 마음속으로 간절하게 빌었다. 그는 마음에 들든 들지 않든 간에 항상 자신이 맡은 일은 최선을 다해 성공하게 했다. 이번에도 그렇게 될 것이다.

가디언들이 자신들을 향하여 달려오는 것을 보고 다른 정찰대원이 몸을 움찔거렸다. 반사적으로 몸이 두려워하는 것 같았다.

"조그만 참아. 분명히 나타날 거야. 가디언들만 보내는 법은 거의 없어."

결국, 가디언들이 정찰대 앞으로 들이닥쳤다. 가디언들은 달려오며 정찰대원들을 향해 한 손을 내밀었다. 정찰대원들도 손을 들어 올려 가디언들을 가리켰다.

퍽! 퍽!

정찰대와 가디언들 사이에서 무엇인가가 충돌하는 소리가 들리고 허공이 일그러졌다. 능력과 능력이 충돌하는 현상이었다. 가디언들이 점점 다가오자 정찰대원들은 식은땀을 흘렸다. 이대로는 버티기 힘들었다.

그때였다.

번쩍! 쾅!

정찰대원들이 서 있는 건물 한쪽이 빛과 함께 날려가 버렸다. 그리고 거기에 휘말려 정찰대원 한 명과 가디언들이 증발해 버렸다. 가디언들과 살아남은 정찰대원들은 충격에 움직임을 멈추었다.

"나타났다! 달려!"

제일 먼저 몸이 풀린 와코스가 비명 같은 소리를 지르며 뒤돌아 달리기 시작했다. 멀리서 악마가 날아오고 있었다.

*　　　*　　　*

"선발대가 악마 몬스터와 만났습니다. 지금 유인하고 있습니다."

성준이 낡은 쇠 구조물 위의 전망대에서 도시를 바라보며 말했다. 원주민들에게 물으니 이곳은 일종의 전신주를 겸한 구조물이라고 했다. 마치 에펠탑처럼 생긴 거대한 구조물이 도시를 내려다보고 서 있었다.

일행은 이곳으로 악마를 유인해서 처리하기로 했다. 목표 지점인 쇠 구조물도 도시에서 잘 보이기 때문에 유인할 방향을 알기 쉬웠고, 밑에는 넓은 맨땅과 옆에 작은 개울까지 흐르고 있었다. 전투하기에는 최상의 지역이었다.

성준이 있는 전망대에는 성준과 수리, 의장과 유먼이 올라와 있었다.

다코타 의장은 성준의 이야기에 놀라 그를 돌아보았다.

"그건 또 어떻게 안 건가?"

"제가 가진 능력 중 하나입니다."

의장의 질문에 성준은 간단하게 대답했다. 의장은 성준의 말에 고개를 흔들었다. 숨겨진 능력이 얼마나 있을지 알 수가 없었다. 하지만 아군이니 능력은 많으면 많을수록 좋았다.

"와코스라면 잘할 걸세. 이제 내려가서 준비해야겠군."

와코스를 잠시 생각하던 의장은 전망대 아래로 내려가려고 했다. 그런데 그때 성준이 고개를 갸웃거리며 말했다. 의장이 그 자리에 멈추었다.

"악마 몬스터와 가디언들의 추격 속도가 예상보다 늦습니다."

성준은 멀리 바라보며 이를 악물었다. 인간들의 영기를 가운데에 두고 가디언들의 영기가 멀리 앞서나가 주위를 포위하기 시작했다.

"제길, 당했습니다. 포위되고 있어요."

성준은 주먹을 꽉 쥐었다. 답답했지만, 이곳에서는 할 수 있는 일이 없었다.

*   *   *

와코스는 뒤에서 추격하는 악마와 가디언들의 속도가 예상보다 늦자 오히려 달아나는 속도를 늦추기 시작했다.

와코스는 유인하기에 알맞은 상황이었지만 너무나 편해진 상황에 오히려 불안감이 생겼다.

'옛날에 본 악마는 이 속도가 아니었는데? 어디가 문제가 있나?'

그는 80년 전 외계인과 싸우던 악마의 모습을 기억해 냈다. 그때 악마는 이 정도 속도가 아니었다. 죽을힘을 다해 달려도 쉽지 않으리라 생각했는데 생각보다 느렸다.

하지만 주위에 같이 달리는 정찰대원들은 동료를 잃었지만 성공할 것처럼 보이자 의욕이 넘치는 모습이다. 그들은 악마 몬스터를 실제로 본 적이 없어 비교할 대상이 없었다.

'그런데 왜 악마는 공격을 안 하지? 처음 공격 이후로 쫓기만 하는데. 우리를 추격해서 본진을 확인하려고 하는 건가?'

와코스는 속도가 떨어지자 생각을 이어갔다. 하지만 아무리 긍정적인 생각을 하려고 해도 불안은 더욱 커졌다.

그는 결국 자신의 감을 믿기로 했다. 이렇게 불안하면 자신의 감을 믿는 편이 좋았다.

"모두 최대 속도로 달아난다. 당장!"

와코스의 말이 떨어지자 모두 땅을 박찼다. 그들은 오랫동안 와코스와 같이 다닌 사람들이었다. 모두 그의 말을 듣고 한 번 이상 살아난 경험을 한 사람들이다. 그가 이런 말을 하면 무슨 문제가 있는 것이 분명했다.

와코스와 정찰대의 속도가 빨라지자 쫓고 있던 가디언들의 속도가 다시 빨라졌다. 자신의 예상이 맞자 와코스의 등에 식은땀이 흘렀다.

그들은 어느덧 도시의 외곽에 진입했다. 그들의 앞에 큰 사거리가 나타났다. 그들은 건물에서 뛰어내려 사거리로 진입했는데 그 자리에서 멈추고 말았다.

반대편 건물 위로 가디언들이 나타났기 때문이다. 좌우의 건물과 도로 위에도 가디언들이 속속 등장했다.

그 모습을 본 와코스는 허탈했다. 악마는 포위망을 구축하기 위해 추격 속도를 늦춘 것이었다. 유인하려고 하다가 오히려 포위망에 갇힌 꼴이 되었다.

잠시 하늘을 바라본 그는 피식 웃음 짓고 정찰대원들을 돌아보았다. 모두 미소를 띠고 있었다. 다른 별에 가보지 못한 것은 아쉬웠지만, 충분히 오래 산 인생이다.

"제길, 악당 짓은 해보지 못할 팔자군. 모두 포위망을 뚫는다. 가자!"

와코스와 정찰대원들은 그들의 앞에 있는 가디언들을 향해 몸을 날렸다.

그들을 향해 주위의 모든 가디언이 달려들었다.

*　　*　　*

"전멸했습니다."

성준의 감각에 도시에 남아 있던 마지막 원주민 귀환자의 영기가 흩어지는 것이 느껴졌다. 작전은 실패했다. 전망대에 있는 모두는 말이 없었다.

잠시 뒤 도시를 바라보던 의장이 말을 꺼냈다.

"이제는 어떻게 하는 것이 좋겠나? 나는 좋은 생각이 들지 않는군."

그의 목소리에서는 피로감이 느껴졌다. 오랜 전우의 죽음이 그의 어깨를 무겁게 한 모양이다.

"다행히 지금 도시에 악마 몬스터가 둘밖에 없습니다. 악마 몬스터의 성에 같이 있을 때는 몰랐지만, 따로 떨어지니 숫자를 확인할 수 있었습니다. 도시 중심에 하나, 이곳과 가까운 도시의 외곽에 하나입니다."

성준은 일부러 말에 힘을 주었다. 여기서 기운이 빠지면 답이 없었다. 자신이나마 힘을 내야 했다.

"성에서 악마 몬스터가 나오기 전에 외곽에 있는 놈부터 잡으면 됩니다. 아마 시간 싸움이 될 것 같지만, 성에 있는 악마 몬스터가 저희의 능력을 오해하면 해볼 만할 것 같습니다. 제가 악마들의 성에서 악마 몬스터가 나오는지 확인할 수 있으니 각개격파가 가능할지도 모릅니다."

영기를 확인할 수 있는 성준만이 가능한 방법이었다. 다코타 의장은 성준을 돌아보았다. 그의 말이 맞았다. 이대로 뒤로 물러날 곳은 없었다. 오직 앞으로 달려가 끝장을 낼 수밖에 없었다.

성준은 도시를 바라보았다. 원주민들의 영기가 사라진 바로 그 자리에 아직도 악마 몬스터의 영기가 멈추어 있었다. 주변에 있던 몬스터들은 악마 몬스터의 기세에 눌려서 그 지역에서 달아나고 있었다.

베르거 교수는 이곳에 남겨두기로 했다. 원래 배에 원주민 소년과 같이 남겨두려고 했으나 문양을 발견하게 되면 빠르게 처리해야 해서 이곳까지 같이 온 것이다. 하지만 전투가 가능한 귀환자가 아니라 결국 이곳에 남게 했다.

이곳의 쌓여 있는 먼지를 보아하니 이곳은 몬스터들이 오지 않는 곳 같았다. 하지만 안전을 위해 성준은 베르거 교수를 전망대에 올려놓았다. 이곳은 날아서 진입할 수밖에 없어 그나마 안전한 곳이었다.

"주디와 교수님이 정보 전송 능력으로 서로 대화할 수 있으시니까 급한 일이 있으면 신호를 보내주세요."

정보 전송 능력을 가진 주디와 교수는 상당히 먼 거리에서도 서로 이야기가 가능했다. 덕분에 성준의 걱정도 많이 줄어들었다.

"자네들이나 살아남게나. 난 이곳에서 싸움 구경이나 하지, 뭐."

교수는 손에 망원경을 들고 부서진 전망대 난간에 편히 기댔다. 하지만 교수의 눈에 일행에 대한 걱정이 나타났다.

성준은 교수에게 손을 흔들고 밑으로 내려갔다.

일행은 불필요한 짐은 이곳에 두고 모두 몸을 가볍게 했다. 이제 앞으로의 전투가 이 별에서의 마지막 전투가 될 것 같았다. 일행은 전속력으로 외곽에 있는 악마 몬스터를 향해 달려갔다.

그런 일행의 모습을 베르거 교수는 전망대 난간에 기대어 바라보았다.

* * *

악마 가미긴은 감고 있던 눈을 뜨고 허공에 화면을 띄웠다. 그곳에는 일단의 사람들이 거리를 질주하고 있었다.

'30명 정도인가? 많이도 남아 있었군. 역시 인간들의 생명력은 끈질겨. 그런데 저들은 누구지?'

처음 보는 낯선 인간의 모습과 영기에 그는 고개를 갸웃거렸다. 잠시 기억을 더듬은 그는 결국 알아보았다. 지구의 인간이었다. 20명에 가까운 지구인이 이 별의 인간들과 같이 달리고 있었다. 악마 가미긴은 또다시 발생한 새로운 상황에 머리가 아파왔다.

'지구인들이 어떻게 이곳에 왔지? 설마 보타스가 지구인들에게 문을 열어준 것인가?

가미긴은 계속되는 생각에 어이가 없었다. 하지만 그들 사이에 보이는 가디언들의 모습에 그 생각을 받아들일 수밖에 없었다.

"미친놈, 아무리 부상당해 지구로 도망쳤다고 하지만 살아남기 위해 인간들과 협력하다니, 일족이 알면 비웃을 게 분명하군. 더군다나 동족의 가디언과 인간들이 같이 달리는 모습도 꽤 웃겨."

가미긴은 화면에 보이는 가디언들을 보타스의 가디언으로 생각했다. 이 이상 더 생각을 전개하기에는 가미긴의 상식이 무너질 것 같았다.

가미긴은 우선 기다려 보기로 했다. 보타스가 숨어서 자신이 데리고 있는 전 인력을 보낸 것 같았다. 하지만 악마 몬스터는 악마 몬스터가 아니면 상대할 수 없을 정도로 강하다. 화면에 보이는 모든 인간은 라볼라스에게 죽임을 당할 것이다. 더군다나 계약 악마인 라볼라스에게 절대 영지 밖으로 나가지 못하게 지시했으므로 결국 보타스는 얼굴을 드러낼 것이다.

가미긴의 머리에 80년 전의 악몽이 잠시 스쳤지만 그는 무시했다.

결국 인간들은 악마 라볼라스가 있는 지역에 도착했다. 인간들은 멍청하게도 대로 한복판에서 악마 라볼라스를 만났다. 인간들은 그를 앞에 두고 주위 건물 있는 가디언들에게 포위당했다.

'자, 얼마나 버티나 보자.'

가미긴은 의자에 편히 앉아 화면을 바라보았다.

*　　　*　　　*

주변의 5층 정도 되는 건물 중 무너진 것은 별로 없었지만, 시간이 지나서인지 사방에 금이 가 있었다. 자그마한 충격에도 모두 부서질 것 같았다.

그리고 왕복 8차선이 넘어 보이는 대로에는 3m가 넘는 키에 표범처럼 생긴 얼굴, 인간의 육체를 가지고 있는 괴물이 서 있었다. 그의 몸이 빛을 받아 번쩍이는 모습이 마치 갑옷처럼 보였다. 악마 몬스터였다.

그 몬스터 앞에는 50명에 가까운 사람들이 모여 있었다. 지구인과 이 별의 인간 연합군이었다. 이들은 정면에 보이는 악마 몬스터뿐만 아니라 주변 또한 경계하고 있었다.

주변의 건물 위와 건물 사이의 도로에서 가디언들이 차례로 모습을 드러냈다. 이윽고 백 명이 넘는 가디언이 보였다. 성준 일행은 완전히 포위된 것이다.

잠시 주위를 둘러보던 성준은 악마들의 성이 있다는 도시의 중심을 바라보았다. 성에서 똬리를 틀고 있는 거대한 영기는 아직 움직이지 않고 있었다. 이곳의 싸움을 지켜볼 생각이 분명했다.

덕분에 기회가 온 것 같았다. 이제부터는 시간 싸움이었다. 성준은 눈앞에 있는 악마 몬스터의 정보를 확인했다.

—라볼라스.

—5등급.

—가미긴 던전 관리 실무자.

—영기 방패 레벨 4, 영기 검술 레벨 4, 영기 비검 레벨 4, 영기 광검 레벨 4, 비행 레벨 4.

—약점: 기예를 숭상하는 특이한 성격.

—기대.

성준이 정보를 확인하는 동안 눈앞의 악마 몬스터는 한 손에 빛나는 검을 소환하고 다른 한 손에는 반투명한 방패를 소환했다. 그리고 일행의 중앙에 있는 성준을 바라보며 자세를 잡았다. 악마 몬스터의 영기가 하늘로 솟구쳤다.

"미치겠네."

성준은 쓴소리를 내뱉고 일행에게 악마 몬스터의 능력을 알려주었다. 하지만 일행은 성준의 말에 신경 쓸 여력이 없었다. 사방에 있는 가디언들이 달려들었기 때문이다.

일행은 전투에 돌입했다. 원형으로 진형을 갖춘 일행을 반투명한 재식의 방패 능력이 뒤덮고 화살과 각종 능력이 사방으로 날아갔다. 원주민들은 가디언들의 현상 제어 능력을 방어하는 데 전력을 다했다.

하늘로 주디의 수호룡이 솟아올랐고, 다코타 의장과 수리는 가디언들을 향해 몸을 날렸다.

성준은 덤벼드는 가디언들을 신경 쓸 수가 없었다. 눈앞의 악마 몬스터가 자신을 향해 정신을 집중하는 것이 느껴졌다. 자신이 그를 상대하지 않으면 저 악마 몬스터의 폭풍 같은 기세가 일행 전부를 덮칠 것이 분명했다.

성준의 눈앞에서 악마 몬스터의 기세가 점점 증폭되었다. 조금만 시간이 지나면 성준을 향해 악마 몬스터가 달려들 것이 분명했다. 그러면 성준의 주위에 있는 사람들이 크게 다칠 것이 분명했고 진형도 붕괴될 것 같았다.

'선공이다.'

어차피 싸울 것이면 기세를 전부 올리기 전에 부딪치는 것이 좋았다. 성준은 악마 몬스터를 향해 몸을 날렸다.

악마 라볼라스는 자신을 향해 달려오는 인간을 보고 만족스러웠다. 분명 무예를 익힌 인간이었다. 인간의 육체를 사용한 기술에 흥미를 느껴 육체마저 개조해 버린 자신이다. 덕분에 성대마저 망가졌지만 검술에 최적화된 육체에 만족했다. 그런 자신에게 무예를 익힌 강한 인간은 큰 즐거움을 주는 상대였다.

라볼라스는 악마 가미긴에게 항복한 것을 잘했다고 생각했다. 어차피 자신은 모든 욕망이 기예의 발전에 집중되어 있기 때문에 살아남기만 하면 누구의 소속이 되던 큰 의미가 없었다. 덕분에 이렇게 검술을 겨루어볼 인간이 등장한 것이다.

라볼라스는 자신을 향해 덤벼드는 인간을 향해 자신의 빛나는 검을 휘둘렀다.

*   *   *

성준과 악마 몬스터의 전투는 주위의 건물을 붕괴시키면

서 자리를 옮기기 시작했다. 특히 악마 몬스터의 공격을 방어하다가 튕겨져 나간 성준에 의해 건물들이 붕괴하고 그를 쫓는 악마 몬스터에 의해 그들의 전투 위치가 계속 바뀌고 있었다.

이는 성준의 계획적인 행동이었다. 자신의 방어 능력을 믿고 악마 몬스터를 계속 일행이 전투하는 곳에서 멀어지도록 한 것이다.

이는 자신과 악마 몬스터의 전투에 일행이 휘말리게 하지 않으려는 것도 있었고, 또 하나는 악마 몬스터를 조금이나마 도시의 외곽으로 더 끌어내려는 생각도 있었다. 마지막으로 자신들의 성에서 이 전투를 보고 있을 악마 몬스터를 속일 필요가 있었다.

성준은 온몸에 느껴지는 고통에 얼굴을 찌푸리며 고개를 들었다. 자신이 낙하하면서 반쯤 붕괴시킨 건물 너머로 악마 몬스터가 자신을 내려다보고 있었다.

악마 몬스터의 표정이 좀 전보다 안 좋아 보였다. 역시 성준이 방어에 치중하고 있다는 것을 들킨 것 같았다. 거기다가 계속 쌓이는 피해에 성준은 슬슬 한계에 다다른 것 같았다.

몸에 쌓인 먼지를 툭툭 털면서 성준은 자리에서 일어났다. 성준이 반쯤 박살 낸 건물이 눈앞에서 무너져 내렸다. 성준의 얼굴에 미소가 나타났다.

일행이 가디언들을 다 잡는 데 성공한 것이다. 멀리 도시 중앙에 있는 영기가 꿈틀거리고 있고, 눈앞의 악마 몬스터도 고개를 돌렸다.

성준은 악마 몬스터를 향해 몸을 날렸다. 이제는 시간 싸움이었다.

*　　*　　*

악마 가미긴은 눈앞에 보이는 장면에 어이가 없었다.

가디언과 인간들의 싸움이 어이없게도 인간들의 승리로 끝나자 갑자기 라볼라스에게 속절없이 밀리던 인간이 라볼라스에게 덤벼들었다.

그동안 허약한 인간이 악마 라볼라스에게 밀리면서 계속 살아남는 모습을 보고 가미긴은 또 라볼라스의 안 좋은 습관이 도진 것인지 걱정을 했다. 라볼라스는 기예가 강한 인간이면 한참을 싸워 전투 기술을 뽑아먹는 안 좋은 습관이 있었다. 그래도 라볼라스가 인간을 압도하고 있었기에 참으며 보고 있었는데 갑자기 상황이 변한 것이다.

거기다가 문제는 전투마저 대등하게 하고 있었다.

그는 다른 화면을 쳐다보았다. 그 화면에는 라볼라스가 싸우는 곳을 향해 인간들이 달려가고 있었다. 그 안에는 엄청나게 강한 가디언도 있고 엘리트 몬스터까지 보였다.

이건 말도 안 되는 상황이었다. 가미긴은 침착하게 그동안의 가정을 다 무시했다. 그리고 눈앞에 조금씩 라볼라스를 밀어붙이고 있는 인간의 모습을 바라보았다.

그를 보고 있으니 80년 전의 한 남자의 모습이 떠올랐다.

그 남자가 있던 별은 이 별을 기점으로 최초로 침략한 별이었다. 하지만 그 별에 생성시킨 몬스터 홀들은 엄청난 속도로 붕괴하기 시작했다. 그래서 악마 몬스터들은 확인차 종족 하나를 그 별로 보냈다.

그런데 어떻게 했는지는 모르지만, 인간 하나가 고레벨 가디언을 하나 데리고 그 별로 향하던 종족의 공간 연결진에 나타났다.

그리고 그는 가로막는 가디언과 몬스터들을 추풍낙엽처럼 없애 버리고 종족도 하나 베어버린 후 자신들의 성에 뛰어들었다. 그는 어떻게 했는지 자신들의 눈을 피해 본성과 연결되어 있는 공간 연결진에 뛰어들어 본성으로 향했다.

그 뒤 그 인간이 살던 별에 대한 모든 몬스터 홀이 수거되었고, 그 별에 접근이 봉인되었다. 그리고 자신들은 이 황량한 별에 고립되어 낙오자로 살게 되었다.

그 뒤로 많은 별을 먹어치웠지만 다시는 그런 인간은 나타나지 않았다. 하긴 본성에서도 외부로 진출한 후 처음으로 본성에 인간이 발을 들여놓은 사건이라고 하질 않았던가.

그래서 가미긴은 마음속에 잠시나마 떠오른 생각을 무시한 것이다. 수천 년 동안 없던 일이 80년 만에 두 번이라니 말이 안 되었다.

하지만 지금 본 상황은 더는 무시할 수가 없었다.

화면에 보이는 인간은 옛날의 그 인간보다는 약하지만, 충분히 종족을 죽일 수 있는 인간이었다.

아마 저 인원 모두가 힘을 합쳐 악마 푸르손을 죽였을 것이다. 그럼 악마 부네도, 악마 보타스도 죽일 수 있었을 것이다.

가미긴은 이를 갈았다. 잘못된 추측으로 혼선만 일으킨 셈이다. 그는 자리에서 일어났다. 어서 가서 악마 라볼라스를 구해야 할 것 같았다. 혹시나 자기 생각이 잘못돼서 악마 보타스가 살아 있다고 하더라도 제거해 버리면 그만이었다.

그는 빠른 걸음으로 신전을 나섰다.

*　　　*　　　*

성준은 악마 몬스터를 밀어붙이며 도시 중심의 영기가 움직이기 시작한 것을 느꼈다. 시간이 없었다. 만약 두 악마 몬스터가 합세한다면 자신들이 승리할 확률은 거의 없었다.

하지만 그때 다행스럽게도 성준의 일행이 전투 지역에 도착했다. 성준은 모아놓은 영기를 악마 몬스터를 향해 터뜨렸다. 악마 몬스터는 검으로 막았지만, 충격에 바닥으로 내리꽂혔다.

쾅!

악마 라볼라스는 대로에 거대한 구덩이를 만들며 땅에 처박혔다. 하지만 악마 몬스터는 방어에 성공해서 큰 피해는 없는 모양이었다. 그는 몸을 일으켜서 주변을 둘러보았다. 그가 서 있는 주변 건물들 위와 사이로 사람들이 보였다.

좀 전과는 반대로 이번에는 악마 몬스터가 포위된 것이다.

하지만 악마 라볼라스는 별로 신경 쓰지 않았다. 어차피 지금 그의 신경은 온통 눈앞의 남자에 쏠려 있었다. 방어에 전념하던 그가 갑자기 공격으로 전환하자 엄청난 실력을 보였다. 이대로 전투를 계속하다 보면 자신의 실력이 엄청나게 증가할 것이다. 지금 성에서 악마 가미긴이 출발한 모양이니 즐거운 마음으로 전투에 임하고 있으면 될 것 같았다.

하지만 라볼라스는 그 생각이 잘못된 것이라는 것을 바로 알 수가 있었다. 성준과 그의 일행은 철저하게 팀을 이루어 악마 몬스터를 사냥하기 시작했다.

주변에는 온통 녹색의 안개가 깔려 라볼라스의 온몸에 난 상처를 통해 마비 독이 흘러들었고, 발밑의 땅은 다리로 올라와 움직임을 어렵게 만들었다.

땅 곳곳에서 나무들이 튀어나오고 머리 위에는 여러 개의 커다란 얼음 창이 자신을 노리고 있었다.

그리고 엄청난 수의 화살이 자신을 향해 쏘아졌다. 방패를 만들어 화살을 막고 얼음 창도 이겨내어 공중에 솟아올라도 성준이 달라붙어 자신을 아래로 끌어내렸다.

계속해서 원주민들의 방해로 움직임이 불편한 악마 몬스터는 성준과의 전투에서도 계속 밀리고 말았다.

이대로 시간이 지나면 성준 쪽이 이기는 것이 당연했다. 하지만 시간이 부족했다. 벌써 거대한 영기가 도시를 반 이상 넘어왔다.

성준은 승부를 내기로 했다. 원하는 사람이 방금 도착했다. 조금 전의 격돌로 서로 멀어진 악마 몬스터를 향해 몸을 날렸다. 성준은 악마 몬스터의 땅 앞을 확인한 후 몬스터를 향해 돌진했다. 그는 회피를 전혀 생각하지 않는 모습이었다.

악마 라볼라스는 자신을 향해 돌진하는 성준을 보고 검을 고쳐 쥐었다. 이런 식이면 자신의 성장에 아무 도움이 되지 않았다. 아쉽지만 끝장을 내야 할 것 같았다.

그는 자신을 묶는 현상 제어 능력을 힘으로 끊어버리고 날아오는 성준을 향해 검을 휘둘렀다. 그러자 빛나는 검에서 검은 선이 생기며 성준을 향해 날아갔다.

성준은 손을 허공에 후려쳐서 아슬아슬하게 선을 피했다. 하지만 성준의 어깨가 한 움큼 잘려 나가 피가 솟아올랐다. 덕분에 성준은 악마 몬스터에 딱 붙을 수 있었다.

성준은 한 손으로 악마 몬스터의 방패를 후려갈겼다. 악마 몬스터의 방패가 튕겨 나가며 그의 가슴이 성준을 향해 활짝 열렸다. 성준은 다른 손에 있는 검에 절단 강화를 걸고 악마 몬스터의 가슴에 찔러 넣었다. 그때 성준의 목으로 악마 몬스터의 검이 날아왔다. 양패구상이었다.

하지만 성준은 눈앞에 보이는 악마 몬스터의 검을 무시했다. 성준의 검은 악마 몬스터의 가슴 깊이 들어갔고 악마 몬스터의 검은 성준의 목을 지나갔다.

성준은 검 안의 독을 악마 몬스터의 몸속에 쏟아 부었다. 악마 몬스터는 독에 의해 죽어가면서도 의아한 얼굴이다.

"오랜만에 안아보네?"

성준의 뒤에서 미영의 목소리가 들려왔다. 성준이 마지막으로 검을 휘두를 때 땅속에 있던 미영이 성준의 뒤쪽으로 뛰쳐나와 성준을 잡고 영기화를 건 것이다. 타이밍이 조금만 맞지 않았어도 성준은 죽었을 것이다.

하은이 성준의 어깨를 치료하기 위해 성준에게 달려왔다.

하지만 성준은 모두에게 소리쳤다.

"목표가 옵니다! 전투 준비!"

일행은 정신없이 자리를 잡았다. 하늘에서 악마 몬스터가 땅으로 떨어졌다.

쿵!

악마 가미긴이었다. 그는 영기로 사라져 가는 자신의 계약 악마를 보았다.

성준은 가미긴을 향해 검을 들었다. 모두에게 힘을 주어야 했다.

"너무 늦었어! 우리가 이겼다!"

성준의 말에 가미긴은 고개를 들어 성준을 바라봤다.

"아니, 오히려 딱 맞췄어."

그는 손가락으로 멀리 하늘을 가리켰다. 그곳에서 거대한 영기가 다가오고 있었다. 악마 보타스의 영지에 갔던 악마 엘리고르가 이곳에 도착했다.

성준은 멀리서 다가오는 영기를 보고 얼굴이 굳어졌다. 눈앞에 서 있는 악마 몬스터는 성준의 표정을 보고 놀리는 듯 미소를 지었다.

눈앞의 악마 몬스터는 마치 인간처럼 보였다. 2m를 조금 넘는 키에 생김새도 인간 같았다. 단지 몸이 매끈한 것이 마치 비닐 옷을 입고 있는 것 같았다. 성준의 기억에 이 악마 몬스터가 이 작전의 목표인 악마 가미긴이 분명했다.

성준은 눈앞의 악마 몬스터가 바로 공격할 생각이 없는 것처럼 보이자 고개를 돌려 일행을 바라보았다. 일행은 잔뜩 긴장한 모습이다. 성준은 입술을 꽉 깨문 후 그를 바라보고 있는 수리에게 소리쳤다.

"악마 몬스터가 하나 더 오고 있어! 맡아줘!"

일행의 얼굴에서 핏기가 사라졌다. 항상 긍정적이던 다희나 헤라마저 얼굴이 어두워졌고 이 별 원주민들의 얼굴에는 좌절감마저 나타났다.

하지만 수리는 담담한 목소리로 성준의 말에 대답했다. 그녀는 성준을 향해 부드러운 미소를 짓고 있었다.

"우리가 책임지겠습니다. 걱정하지 마세요, 나의 주인님."

그녀의 말을 들으니 마치 일반 몬스터를 처리하는 것 같은 기분이 들었다. 그리고 그 뒤로 다코타 의장의 목소리가 들렸다.

"이 정도는 각오했네. 우리는 염려하지 말고 자네나 잘하게나."

의장의 말과 함께 원주민들의 어두운 얼굴에 굳은 의지가 나타났다. 원주민 모두는 어떤 결심을 한 것 같았다.

수리는 이곳에 있는 일행 모두에게 소리쳤다. 그녀의 모습은 마치 고대 신화에 나오는 여전사 같았다.

"초 고레벨 몬스터 사냥입니다! 모두 진형을 갖추어주세요! 이 별의 원주민 분들은 저의 지휘를 따라주시면 됩니다!"

수리의 말에 따라 일행의 진형이 바뀌기 시작했다.

성준과 일행이 대화하는 모습과 진형을 바꾸는 모습을 악마 가미긴은 재미있게 보고 있었다. 아마도 그에게는 이 모든 행동이 유흥거리 같았다.

영기가 점점 다가오자 사람들의 눈에 악마 몬스터가 보이기 시작했다. 3m의 거대한 몸체를 자랑하는 악마 몬스터는 잠시 뒤 악마 가미긴의 뒤에 내려앉았다.

미끈한 검은 기름을 바른 듯한 몸에 머리에 달린 뿔, 그리고 길쭉한 팔다리, 지구에서 본 보타스와 비슷하게 생긴 악마였다.

성준은 급하게 두 악마 몬스터의 능력을 확인했다.

—엘리고르.
—5등급.
—가미긴 던전 관리 실무자.
—이동속도 증가 레벨 4, 영기 폭발 레벨 4, 영기 광선 레벨 4, 영기 창술 레벨 4, 비행 레벨 4.
—약점: 평범하다.
—의아함.

방금 나타난 악마의 능력이다. 그리고 성준은 눈앞에 있는
악마 가미긴의 능력을 확인해 보았다.

—*XXX.*
—*6등급.*
—*XXX 던전 조율자.*
—*동족 영기 흡수 레벨 5.*
—*능력으로 흡수한 모든 악마의 능력 사용 가능.*
—*약점: XXXXXXXXXXXXXXXXXXXXXXXXX.*
—*호기심, 기대, XXX.*
—*대상의 본체 능력에 의해 정보가 일부분 제한됩니다.*

악마 가미긴의 정보를 본 성준의 얼굴빛이 나빠졌다. 예상
보다 다른 악마 몬스터의 영기 흡수가 빨랐던 모양이다. 다른
악마 몬스터들의 영기를 모두 흡수한 것 같았다.

성준이 예상한 대로 레벨이 6에서 멈춘 것은 다행이었다.
더 높은 레벨의 구슬이 없으니 더는 레벨이 올라가지 못할 것
으로 생각한 것이 맞아떨어졌다.

하지만 오히려 능력 쪽이 문제였다. 동족 영기 흡수 능력이
레벨이 올라가면서 진화를 한 모양이다. 이대로라면 저 악마

몬스터의 몸에서 그동안 본 악마 몬스터들의 모든 능력이 튀어나올 게 뻔했다.

악마 가미긴이 새로 나타난 악마 엘리고르에게 상황을 설명하는 것 같았다.

그 모습을 보고 성준은 급하게 수리에게 악마 몬스터의 정보를 전해 주었다. 하지만 성준이 채 다 전해 주기 전에 악마 가미긴이 말했다.

"맛있는 먹이는 나중에 먹어야겠지?"

그는 성준의 위로 날아올랐다. 그의 목표는 성준을 제외한 다른 사람들이었다.

성준은 그의 움직임에 깜짝 놀라 악마 가미긴을 향해 몸을 날렸다. 하지만 다른 악마 몬스터가 그의 움직임을 막아섰다.

"넌 내 차지다."

성준의 얼굴이 새하얘졌다. 일행이 살아남기 힘들었다. 하지만 성준은 바로 눈앞의 악마 몬스터를 떼어낼 수 없었다. 이동속도 증가 능력이 있는 몬스터를 같은 능력으로 바로 넘어설 방법은 없었다.

성준은 검을 들고 악마 몬스터를 넘어서기 위해 미친 듯이 공격했다. 하지만 성준의 검은 악마 몬스터의 창에 막혔다. 그리고 성준의 빠른 움직임도 같은 속도로 이동하는 악마 몬스터에게 모두 막히고 말았다.

쾅!

일행이 있는 곳에서 엄청난 소리가 들리며 많은 영기가 사라지는 것이 느껴졌다. 성준은 그 방향을 바라보지 않으려고 노력했다. 그쪽을 바라보았다가는 충격에 넋이 나갈지도 몰랐다.

하지만 사라지는 영기들로 인해 성준의 가슴은 얼어붙고 있었다.

캉! 캉! 가가각!

성준의 거친 공격에 성준과 악마 몬스터 둘 다 제대로 방어를 할 수가 없었다. 성준의 공격 속도에 채 방어를 할 수 없어 악마 몬스터는 온몸을 베였고, 성준도 방어를 도외시하고 공격해서 사방으로 피를 뿌리고 있었다.

'제발! 제발!'

성준은 마음속으로 비명을 지르며 악마 몬스터를 뚫고 나가기 위해 노력했다. 하지만 악마 몬스터는 성준의 검에 온몸이 베어지면서도 굳건하게 성준의 앞을 지켰다. 악마 몬스터들 간의 종속 계약은 가디언의 계약에 이어 두 번째로 굳건했다.

콰콰콰쾅!

다시 한 번 일행 쪽에서 폭발음이 울렸다.

"콰아아악!"

그리고 주디의 수호룡의 비명이 울려 퍼졌고, 주디의 비명 같은 외침이 뒤를 따랐다.

"웬투스!"

바로 뒤를 이어 여고생들의 울음소리가 들려왔다. 그들 중에 소영의 목소리는 들리지 않았다.

성준은 그 울음소리를 듣고 잡고 있던 이성을 놓아버렸다.

만약 지금 감각을 올리면 뒤에 악마 가미긴을 이길 방법이 없었다. 하지만 어차피 이 상태로 일행이 전멸하면 아무 의미가 없었다.

성준은 감각을 최대한으로 올렸다.

다시 한 번 성준의 눈앞에서 온 세계가 일그러졌다. 5레벨에서의 최초 진입이었다. 눈을 감았다가 뜬 성준은 전보다 더 이상한 광경을 보게 되었다. 이제 이 세상은 영기밖에는 존재하지 않았다. 눈앞의 몬스터도 뭉쳐진 영기의 흐름으로밖에 보이지 않았다. 몸 안에 흐르는 영기의 흐름, 그리고 피부를 이루는 영기의 흐름이 똑똑히 보였다.

주위의 있는 모든 사물도 영기의 흐름으로 보였다. 전에 보이던 것과 달랐다. 이제 이 세계의 구조를 알 것 같았다.

쏟아지는 정보에 성준이 움찔하자 악마 몬스터는 바로 성준을 향해 창을 휘둘렀다. 멍청하게 앞을 바라보고 있는 성준은 이 공격을 막을 수 없을 것 같았다.

성준은 자신을 향해 다가오는 영기가 뭉쳐진 막대기를 보았다. 아마 악마 몬스터의 창일 것이다. 하지만 창을 이루는 영기는 실제의 창처럼 단단하지가 않았다. 창의 중간 중간에 영기가 흐려 있는 곳이 보였다.

영기가 흐려져 있는 부분은 계속해서 움직였지만, 이동 가속과 감각이 활성화된 성준은 잡아낼 수 있는 상황이었다.

성준은 창 모양으로 영기가 뭉쳐진 부분 중 영기가 흐려진 곳에 자신의 검을 휘둘렀다. 성준의 눈앞에서 자신의 검으로 보이는 영기가 고속으로 흔들리며 창 모양의 영기를 잘라 버렸다.

그리고 영기가 잘려 나가자 성준은 눈앞의 몬스터처럼 보이는 영기 덩어리에 주먹을 휘둘렀다. 마침 머리 부분에 영기가 적은 것을 본 성준은 주먹을 그 방향으로 향했다. 영기가 가득 찬 주먹은 몬스터의 가장 영기가 적은 곳에 꽂혔다.

푸악!

눈앞으로 영기가 뿜어져 나오는 것을 느끼며 성준은 시야가 멀어지는 것을 느꼈다. 성준의 감각에 영기가 다 소모된 것이 느껴졌다. 그리고 성준은 이상한 세계에서 튕겨져 나왔다.

성준은 잠시 자신이 어디 있는지 어리둥절했다. 그러다 반쯤 정신을 차린 성준은 정면을 바라보았다. 눈앞에 악마 몬스터의 얼굴이 보이고 자신의 주먹은 악마 몬스터의 입속에 들어가 있었다.

'내 손이 왜 악마 몬스터 입안에 있지? 얼른 빼내야지.'

성준은 악마 몬스터의 입에서 손을 빼내었다. 그리고 성준은 악마 몬스터의 가슴에서 뛰어내렸고, 성준의 손이 빠진 악마 몬스터의 입에서 피가 뿜어져 나왔다.

악마 몬스터는 잘린 창을 한 손에 들고 다른 한 손으로 피가 뿜어져 나오는 입을 틀어막았다.

성준은 멍한 기분으로 검을 들어 올렸다. 그리고 반사적으로 공중으로 뛰어올라 아직도 입에서 피를 뿌리고 있는 몬스터의 목을 잘라 버렸다. 악마 엘리고르의 목이 하늘로 치솟아 올랐다.

쿵!

머리가 잘린 악마 몬스터가 바닥에 쓰러졌다. 주위가 갑자기 조용해졌다. 싸움 소리도 멈추고 다른 소리도 들리지 않았다. 간간이 훌쩍이는 소리만 들렸다.

악마 몬스터의 몸이 영기로 변하고 성준은 그 가운데 보이는 구슬을 주워 들었다. 아직도 성준은 멍한 상태였다. 그는 구슬을 주머니에 넣고 고개를 들었다. 그리고 자신을 바라보는 사람들을 보았다.

그들의 모습을 보는 순간 그는 현실로 돌아왔다.

성준의 머릿속에서 불길이 올라왔다. 손발이 덜덜 떨렸다. 그는 검을 땅에 꽂고 한쪽 무릎을 꿇었다. 당장에라도 쓰러져 비명을 지르고 싶었지만, 그는 참아냈다. 아직도 그의 눈은 앞을 향해 있었다.

그가 본 광경은 처참했다. 사방에 쓰러진 사람들이 보였다. 2레벨 원주민들이 대다수였다. 하지만 3레벨 이상은 영기로 사라져서 얼마나 죽었는지 알 수가 없었다. 그리고 서 있는 사람은 30명이 안 되는 것 같았다. 주디의 수호룡은 보이지도 않았고 여고생 둘은 훌쩍거리며 악마 몬스터를 향해 활을 겨냥하고 있었다. 그리고 서 있는 사람 중에 지구인은 몇 명 보이지 않았다.

서 있는 사람들도 온전한 사람이 얼마 없어 보였다. 다들 온몸에 피를 흘리고 있고 크게 다친 것처럼 보이는 사람도 있었다. 그리고 그 사이에서 하온이 필사적으로 치료하고 있었다.

일행의 앞쪽에는 악마 가미긴이 몸을 돌려 성준을 바라보고 있었다. 그는 무척이나 신기한 듯 성준을 바라보았다. 그가 싸움을 멈추자 모든 전투가 멈춘 것이다. 일행은 큰 피해로 더는 그에게 덤벼들 수가 없었다.

"지금 갑자기 강해진 것, 분명 고유 능력이지?"

성준은 대답할 여력이 없었다. 겨우 쓰러지지 않게 자신을 붙잡는 것이 최선이었다.

"하하하, 정말 대단해. 지구는 정말 신비한 별이야. 영기화된 창을 자르다니, 그건 영기 자체를 이해하지 못하면 할 수 없는 일이야. 우리의 근본을 파헤치는 능력이라니, 동족 영기 흡수 같은 것은 비할 수 없는 능력이야."

가미긴은 이제 아주 여유로운 표정이었다. 그는 성준의 몸을 살피며 미소를 흘리고 있었다.

"역시 인간의 몸으로 그런 능력을 사용했으니 버텨낼 수 있을 리가 없지. 아마 몇 번 더 사용하면 그 정신이 붕괴할걸. 지금도 서 있는 것이 고작일 테고."

가미긴은 그제야 그동안의 상황이 이해가 가는 모양이었다.

"이런 능력이라면 충분히 우리 종족을 제거하면서 이곳까지 올 수가 있지. 그러니 내가 착각한 것이 무리가 아니야."

그는 이제 신이 나 보였다. 그의 눈은 꿈을 꾸는 것처럼 몽롱해 있었다.

"하하하, 이 능력마저 얻으면 본성을 치고 들어갈 수도 있을 것 같은데? 본성으로 통하는 연결진을 없애 버린 게 진심으로 아깝군. 하지만 천천히 복구하면 되겠지."

그는 웃음을 그치고 성준에게 걸어오기 시작했다.

성준은 눈을 들어 일행을 바라보았다. 일행은 모두 넋이 나간 표정이다. 고통과 절망으로 얼룩진 사람들 사이에 오직 두 여성만이 자신을 똑바로 바라보고 있었다. 성준은 지독한 고통 속에서도 안도감을 느꼈다.

"그래, 마지막까지 같이 있자."

성준은 두 가디언을 소환했다. 성준의 뒤에 검은 영기가 뭉치고 수리와 하은이 나타났다.

하은이 성준을 뒤에서 껴안았다. 그리고 자신의 모든 능력을 성준에게 퍼부었다. 성준에게 하은의 치료 능력과 정신 방어 능력이 쏟아졌다.

컥!

성준은 입에서 피를 쏟았다. 그는 입에서 흘러나오는 피를 손으로 닦아내었다. 이제야 조금 정신이 돌아왔다. 하지만 확실히 몸 상태는 정상이 아니었다. 하은의 치료 능력은 부상을 치료하고 그녀의 정신 방어 능력은 정신의 부하를 떨어뜨려 줬지만, 그의 몸에 가중된 피로와 상처 입은 정신은 쉽게 고칠 수 있는 것이 아니었다.

하지만 아직 쓰러질 때는 아니었다. 성준은 검을 잡은 손에 힘을 주고 몸을 일으켰다. 성준은 떨리는 손을 꽉 쥐고 검을 뽑아 악마 몬스터에게 겨누었다.

걱정스럽게 성준을 바라보던 수리는 성준이 몸을 일으키자 검을 들고 그의 옆에 섰다.

악마 몬스터 앞에서 성준과 수리가 검을 치켜들어 악마 몬스터를 향해 겨누고 하은이 뒤를 받치고 서 있는 모습을 본 미리와 가람은 여태껏 흐르던 눈물을 닦아냈다.

좀 전에 자신들의 눈앞에서 친구 소영이 빛과 함께 소멸했을 때는 충격에 정신이 없었지만, 그동안 단련된 정신과 귀환자가 되면서 단단해진 정신은 그녀들에게 상황을 판단하도록 강요했다.

하지만 상황은 최악이었다. 그녀들은 악마 몬스터를 도저히 이길 수 없다고 생각하고 포기하려고 했다. 그 순간 성준이 다른 악마 몬스터를 베고 악마 몬스터 앞에 선 것이다.

성준의 모습을 보고 그녀들은 깨달았다. 아직 자신들은 살아 있었다. 살아 있는 자는 포기하지 않아야 했다. 그녀들은 다른 친구들과 마찬가지로 소영을 가슴속에 간직하고 활을 들어 올렸다.

지구의 귀환자들은 아직 건재해 보이는 성준을 보고 한 명씩 정신을 차렸다.

주디도 한쪽 날개가 날아가고 작게 줄어들어 숨만 몰아쉬고 있는 자신의 수호룡을 가슴에 넣고 채찍을 꺼내 들었다.

얼굴 한쪽이 피범벅인 보람도 다시 앞에 물 덩어리를 만들어냈다.

마리아는 앞에 있는 재식을 바라보았다. 방패 능력을 한 손으로 활성화할 준비를 하는 재식의 모습은 더는 왼쪽 팔을 볼 수가 없었다. 좀 전의 공격에 방패 능력이 깨져 나가면서 악마 몬스터의 공격이 휩쓸었을 때 당한 것이다. 그 공격을 받을 때 그는 공격에서 벗어나 있었다. 그는 마리아가 휩쓸리는 것을 막다가 휩쓸려 버린 것이다.

하은이 치료해 주었지만 팔 자체를 복구할 수는 없었다. 하지만 그는 전혀 아쉬워하는 표정이 아니었다. 그는 남은 한 손을 앞으로 향했다.

다행히 공격을 피할 수 있던 산드라는 바닥에 쓰러진 두 제대군인을 바라보았다. 그들은 산드라의 앞에서 마지막까지 그녀를 보호했다. 그 덕분에 그녀는 살아남았지만, 그들은 더는 움직일 수 없게 되었다. 그녀는 고개를 돌려 앞을 보았다. 그리고 그녀는 그들에 대해 감사하는 마음을 가슴에 간직했다.

다코타 의장은 살아남은 일족을 확인했다. 이제 10명도 남지 않은 것 같았다. 3레벨인 유먼과 결계 능력자인 야키, 그리고 그나마 능력이 높은 사람들만 살아남은 것 같았다.

의장은 성준을 바라보았다. 움직이기조차 힘들어 보이지

만 그의 눈은 의지가 가득해 보였다. 역시 저런 리더가 있으니 사람들이 믿고 따르는 모양이다.

의장은 주먹을 굳게 쥐었다. 아직 자신을 믿고 따르는 이들이 있다. 이 별은 자신들의 별이다. 마지막 한 사람까지 싸워서 승리할 것이다.

그리고 다시 한 번 기세를 끌어올리는 의장의 모습에 다른 사람들도 이를 악물고 무기를 들어 올렸다.

*　　　*　　　*

악마 가미긴은 절망에 빠져 있던 인간들이 다시금 힘을 내는 모습에 웃음이 나왔다. 이 모습이 수천 년 동안 보아온 인간들의 모습이다. 대부분은 웃기지도 않게 그대로 멸망했지만, 일부 인간들은 지금처럼 마지막 순간까지 의지를 불태웠다. 덕분에 좋은 능력을 수집할 수 있어서 자신들도 그쪽으로 인간들을 몰아가기도 했다.

하지만 그래 봤자 여태까지 자신들의 손에서 벗어난 별은 셋밖에 안 되었다. 원래는 둘이었지만 80년 전에 셋으로 늘어났다. 그때를 생각하자 그는 한숨이 나왔다. 아무튼, 그 세 개의 별은 어처구니없이 강한 인간들이 있어서 자신들을 벗어났지 이렇게 의지만 불태워서는 자신들의 맛있는 식사거리만 될 뿐이다.

악마 가미긴은 인간들을 죽 둘러보곤 앞에 서 있는 성준을 바라보았다. 역시 인간들의 중심은 저 인간이 맞았다. 저 인간만 제거하면 끝인 싸움이다. 이제 남은 인간들은 그리 방해되지도 않으니 눈앞의 남자를 먼저 제거하기로 했다.

악마 가미긴은 성준을 향해 걸어갔고, 그의 눈에 성준이 입으로 무엇인가를 넣는 것을 보았다.

* * *

성준은 악마 부네가 남긴 구슬을 먹었다. 온몸에 활력이 돌기 시작했다. 온몸의 무력감이 사라지는 것이 느껴졌다. 성준은 주먹을 쥐었다. 주먹 하나 쥐는데도 고통이 느껴졌지만 움직일 수 있었다. 이제 싸울 수 있었다.

성준은 하은의 도움으로 정신을 차리자 어떻게 하든지 싸울 수 있는 몸을 만들기 위해 필사적으로 머리를 굴렸다. 감각을 사용하지 못하니 생각 자체가 어려운 느낌이다. 문득 그는 자신이 가지고 있는 구슬들이 생각났다. 다른 이들의 레벨 업을 위한 구슬이지만 다른 방법이 더는 생각나지 않았다.

성준의 숨결이 안정되고 그의 몸에서도 조금이나마 힘이

느껴졌다. 성준은 다리를 움직였다. 싸울 수 있으면 선공을 해야 했다. 늦었다가는 또 일행에게 피해가 갈 수 있었다.

성준은 자신을 향해 다가오는 악마 몬스터를 향해 몸을 날렸다.

둘의 전투는 치열했다. 성준은 필사적으로 몸을 움직여 악마 몬스터를 상대했다. 하지만 레벨과 능력의 차이가 너무나 심했다. 성준의 공격은 피부 아래로 파고들지 못했고 악마의 공격은 너무도 다양해서 성준이 전부 파악할 수가 없었다.

일행의 공격은 별로 도움이 되지 못했다. 악마 몬스터의 방어를 뚫을 만한 공격을 할 수 있는 일행이 없었고 악마 몬스터의 속도도 따라가기 힘들었다.

결국, 성준은 또다시 수세에 몰렸다. 그는 자신을 향해 휘두르는 빛나는 검을 보며 다시 한 번 감각을 최대한으로 끌어올릴 수밖에 없었다.

성준은 다시 한 번 일그러진 세계를 보았고, 그 안에서 자신을 향해 다가오는 날카로운 영기를 보았다. 그는 영기를 피해내고 악마 몬스터로 보이는 영기가 뭉친 곳에서 영기가 적은 곳을 향해 검을 찔렀다.

퍽!

성준은 배를 얻어맞아 숨이 막힌 채로 건물에 처박혔다. 성준은 악마 몬스터에게 얻어맞는 순간 감각이 풀려 버렸다. 이미 한계까지 온몸과 정신에 감각을 최대로 올리는 것은 더 이상 무리인 것 같았다.

성준의 앞에 서 있는 악마 몬스터는 성준의 가슴을 보고 있었다. 악마 몬스터의 가슴에는 검에 찔린 상처가 나 있었다. 하지만 그 상처는 빠르게 사라지고 있었다. 치료 능력이었다.

"아무리 봐도 신기한 능력이야. 분명히 능력으로 피부 전체가 강화되었는데 어떻게 검이 피부를 뚫고 들어온 거지?"

잠시 고민하던 악마 몬스터는 고개를 흔들었다.

"뭐 죽이고 알아봐도 충분하겠지."

악마 몬스터가 다시 움직이려고 할 때 성준은 떨리는 손으로 다시 한 번 구슬을 입에 넣었다.

이번에는 악마 엘리고르의 영기 구슬이었다. 성준은 가지고 있는 모든 것을 사용하는 중이다. 이대로 자신들이 지면 지구는 끝이었다.

성준은 다시금 자리에서 일어났다. 그리고 손을 뒤로 해서 하은을 소환했다. 그의 뒤에 다시 한 번 하은이 나타나 성준의 몸에 손을 올렸다.

악마 가미긴은 어리둥절한 표정이다. 성준이 다시 일어난 것이 이해가 되지 않았다. 저 정도 강력한 능력이면 충격이 장난이 아닐 텐데 계속해서 일어나는 것이다. 아마 손이 입으로 가는 것과 방금 나타난 인간 여자가 무엇을 한 모양인데 정체를 알 수가 없으니 짜증이 나기 시작했다.

그리고 그들은 다시 한 번 부딪쳤다.

전투는 성준에게 더욱 불리해졌다. 시간이 지나자 다양한 능력을 활용하지 못하던 가미긴의 능력 활용이 늘어난 것이다. 더군다나 피로가 누적된 성준의 움직임은 더욱 느려지고 있었다.

결국 성준은 가미긴에게 속도에서 따라잡혔다. 가미긴은 성준의 팔을 잡아챘다. 그리고 힘껏 성준을 잡아당겼다. 그대로 머리를 부숴 버릴 생각이다.

성준은 검으로 자신의 팔을 잘라 버렸다. 악마 몬스터의 몸에 검이 안 들어가니 위험에서 빠져나오기 위해서는 팔을 잘라야 했다. 성준은 그대로 허공을 박차 악마 몬스터에게서 떨어졌다.

악마 가미긴은 기회를 놓친 것에 화가 났다. 그는 자신의 영기를 자신의 몸 주위로 터뜨렸다.

쾅!

악마 몬스터에서 거대한 충격파가 사방으로 퍼졌다. 주변에 있던 모든 물체가 사방으로 날려갔다. 성준도 건물에 처박혔고 다른 일행도 사방으로 날려갔다.

성준이 쓰러진 옆으로 하은도 튕겨져 나왔다. 덕분에 성준은 하은의 치료를 받을 수 있었다. 성준의 팔이 점점 자라나기 시작했다.

팔이 어느 정도 치료된 성준은 핏줄이 터져 피눈물이 흐르는 눈으로 악마 몬스터를 바라보며 몸을 일으키려고 했다.

그 모습을 보고 악마 가미긴은 피식 웃었다. 자신이 움직이면 또 일어나 덤빌 것이 분명했다. 지독한 끈기며 정신이었지만 자신의 종족같이 영기 생명체가 아니니 곧 모래처럼 부서질 것이다.

하지만 성준은 결국 다시 일어났다. 그의 육체와 정신은 극심한 고통 속에서 헤맸지만, 아직 그는 포기하지 않았다. 그는 다시 한 번 구슬을 입에 넣었다.

악마 가미긴은 성준의 모습에 감탄했다. 하지만 이런 식으로 계속 싸우는 것은 의미 없는 일이었다. 저 지독한 의지에 찬물을 끼얹을 필요가 있었다. 악마 가미긴은 손을 전방에 휘저었다. 그러자 가미긴 주위로 수십 개의 화면이 나타났다. 화면에는 여러 가지 문자와 숫자가 나타나 있었다.

"지독한 끈기에 경의를 표하는 의미로 재미있는 장면을 보여주지. 이 화면들이 모두 지구에 몬스터 홀을 생성한 우리 종족의 제어 화면이지."

그는 이번에는 하늘을 향해 손을 들어 올렸다. 그러자 공중에 화면들이 나타나기 시작했다. 화면은 계속 증가해 수백 개가 되었다. 거리의 하늘이 거대한 화면들로 가득했다.

사방에 널브러진 사람들은 멍하니 하늘에 떠 있는 화면을 바라보았다. 수백 개의 화면 모두에는 구멍이 뚫린 땅이 보였다.

"이 화면들은 지구상에 남아 있는 거의 모든 몬스터 홀이야. 이제 화면을 잘 보도록. 무척 재밌을 거야."

성준은 고통 속에서 덜덜 떨면서 빨리 시간이 지나가기를 빌었다. 하지만 시간은 더디게 흘러갔다. 자신이 움직일 수 없는 상태가 된 지금 상대가 이렇게 시간을 주어 고마웠지만 무슨 일을 벌일지 걱정되었다.

악마 가미긴은 앞에 있는 수십 개의 화면을 향하여 손을 흔들었다. 그러자 그의 앞에 있는 화면에 있는 숫자 모두가 크게 바뀌고 수백 개의 화면 속 몬스터 홀 내부의 문양이 바뀌기 시작했다.

성준은 바뀐 문양 중 상당수를 알아볼 수 있었다. 2레벨 몬스터 홀 문양과 3레벨 몬스터 홀 문양, 그리고 알 수 없는 문양도 있었다.

"자, 모든 몬스터 홀의 소환진을 최대 레벨로 올렸어. 좀 재미있지? 그럼 다음은……."

"멈춰!"

성준은 고통 속에서도 피를 토하며 외쳤다. 하지만 악마 가미긴은 다시 한 번 손을 흔들었다.

가미긴 앞에 있는 화면들이 붉게 변했다. 그리고 화면에 있는 모든 몬스터 홀에서 검은 영기가 뿜어져 나왔다. 지구 상의 모든 몬스터 홀이 외부 던전이 되는 순간이었다.

"조금 있다가 하려고 했지만, 지금이 이벤트 시간으로는 안성맞춤인 것 같군."

성준은 고통도 잊고 멍하니 화면을 바라보았다.

"자, 마지막으로 링크를 중심 몬스터 홀로 돌려놓고 자율로 설정하면."

악마 몬스터의 손짓에 따라 하늘에 떠 있는 화면과 악마 몬스터 앞에 떠 있는 화면 모두가 사라졌다. 그리고 악마 몬스터의 눈앞에는 하나의 화면만 남았다. 그 화면도 악마 가미긴이 손을 움직이자 사라졌다.

"자, 이제 끝났다. 이제 지구의 모든 몬스터 홀은 어디 있을지 모를 중앙 몬스터 홀에 의해서 자율 통제가 되게 되었어. 이제 나를 제거해도 소용없게 된 거지. 나야 너희 모두를 죽이고 다시 재연결시키면 되니까 문제는 없어. 재미있지 않아?"

말을 마치며 악마 가미긴은 성준의 표정을 유심히 살폈다. 이대로 좌절한 표정이 보이면 좋을 것 같았다.

그때까지 멍하니 하늘을 바라보고 있던 성준이 고개를 내렸다. 하지만 악마 몬스터를 바라보는 그의 눈에는 좌절도, 고통도 없었다.

5분이 지났다. 성준은 6레벨이 되었다.

드래곤 캐슬, 한국 귀환자 조합의 조합장 사무실에 있던 정주호 교관은 창밖을 바라보고 있었다. 그의 핸드폰은 끊임없이 울리고 있었고 문밖에서는 급하게 달려오는 발소리가 들려왔다. 정 교관은 잃어버린 눈에서 다시 고통이 느껴졌다.

조합장실의 문이 덜컥 열렸다. 조우혁 실장이었다. 그는 급하게 달려왔는지 숨을 몰아쉬었다. 조 실장의 주머니에서도 계속 전화가 울리고 있었다.

"헉헉! 임시 조합장님, 미국 정부에서 전화입니다. 외부 던전들이 발생했답니다. 그리고 러시아에서도……."

조 실장은 더는 말을 잇지 못했다. 정 교관이 바라보고 있는 창문 너머의 하늘에 거대한 문양이 만들어지고 있었다. 조 실장은 신음을 토해내고 말았다.

"맙소사!"

정 교관은 잠시 문양을 바라보다가 문양의 확장이 멈추자 조 실장에게 말했다.

"안양입니다. 크기로 봐서는 3레벨 외부 던전입니다."

정 교관은 옷걸이에 걸려 있는 방검복 상의를 몸에 걸쳤다.

"상황을 보아하니 한두 곳이 아닌 것 같습니다. 아마 조합장님이 가신 별에 무슨 일이 생긴 모양입니다. 사람들을 모아주십시오. 다른 곳과의 연결은 조 실장님께 맡기겠습니다. 정보를 모아 귀환자들이 최대한 막을 수 있는 동선을 짜주시기 바랍니다."

조 실장은 급하게 쏟아지는 정 교관의 말에 대답하고 바로뛰쳐나갔다. 한시가 급했다.

정 교관은 방검복을 확인하고 담배를 한 개비를 꺼냈다. 잠시 담배를 바라보던 그는 손에 든 담배를 꺾어버렸다. 성준이올 때까지는 자신이 조합장이다. 정 교관은 쓴웃음을 짓고 문밖으로 나가며 전화를 받았다. 창밖의 문양에서 검은 장막이밑으로 쏟아졌다.

그날 지구에 있는 모든 몬스터 홀이 최대 레벨로 외부 던전을 만들어냈다. 지구에 있는 모든 인간은 두려운 얼굴로 하늘에 떠 있는 문양을 바라보았다.

*　　　*　　　*

성준은 자신의 몸을 확인해 보았다. 모두 정상으로 돌아왔다. 머리가 아픈 것도 모두 괜찮아지고 육체에도 힘이 넘쳤다. 그는 눈앞의 악마 몬스터를 바라보았다. 감각을 많이 올리지도 않았는데 영기의 흐름이 느껴졌다.

악마 몬스터는 성준의 모습이 이해되지 않았다. 인간으로서 있을 수 없는 모습이다.

"도대체 어떻게 한 거지? 어떻게 멀쩡해질 수가 있지?"

성준이 대답해 줄 이유는 없었다. 성준은 자신의 능력을 확인했다.

ー검투사 정보.

ー영기 레벨 6.

ー영기 성장치 0.

ー영기 100.

ー영기분석 레벨 5, 고속 저중력 이동 레벨 5, 허공 도약 레벨 4, 영기 방출 레벨 3, 피부 강화 레벨 2, 영기 비검 레벨 1.

ー가디언 4레벨, 가디언 3레벨, 가디언 2레벨.

ー영기화된 발렌제국 제식 장검 4레벨.

ー영기 능력치 250.

그리고 성준은 눈앞에 보이는 악마 몬스터의 정보를 확인했다. 이제 모든 정보가 제한 없이 보였다.

―가미긴.

―6등급.

―가미긴 던전 조율자.

―동족 영기 흡수 레벨 5.

―능력으로 흡수한 모든 악마의 능력 사용 가능.

―약점: 강제로 흡수한 능력들로 아직 불안정함. 강한 충격을 받으면 잃어버릴 수 있음.

―의문, 의문, 불안.

성준의 눈에 가능성이 보였다. 성준은 크게 소리쳤다. 악마 몬스터의 약점을 공략하자면 주위에 심한 파괴가 일어날 것이 분명했다.

"모두 이곳에서 최대한 떨어지세요."

성준은 고개를 돌려 수리와 하은을 바라보았다. 그녀들은 고개를 끄덕이고 밖으로 달리기 시작했다. 주변에 쓰러져 있던 사람들이 주섬주섬 몸을 일으켜 흩어지기 시작했다.

달아나는 모습을 확인하고 성준은 이리저리 몸을 풀면서 악마 몬스터 앞으로 걸어갔다. 악마 몬스터는 아직도 이해가 안 된다는 표정으로 성준을 바라보고 있었다.

천천히 움직이던 성준의 걸음이 점점 빨라졌다. 어느 순간 성준의 발이 땅을 박찼다. 그리고 눈앞으로 다가온 악마 몬스터의 얼굴에 영기를 가득 머금은 주먹을 후려쳤다.

악마 몬스터는 피식 웃으며 성준의 주먹을 막았다. 여태 싸우면서 성준의 능력은 충분히 파악한 것이다.

쾅!

악마 몬스터는 뒤로 튕겨 나갔다. 그는 자신의 뒤 건물을 뚫고 다음 건물에 처박혔다. 반쯤 붕괴돼 있던 5층 건물이 그 충격으로 무너져 내리기 시작했다.

성준은 땅을 박차고 위로 치솟았다. 그리고 공중에 멈춰 선 그는 건물에 처박힌 악마 몬스터를 바라보았다.

"크아아악!"

쾅!

분노에 찬 악마 몬스터의 괴성이 울려 퍼지고 건물이 터져 나갔다. 공중에 떠 있는 성준을 향해 악마 몬스터가 굉장한 속도로 날아갔다. 악마 몬스터의 주변에는 거대한 얼음 창이 여러 개 떠 있고 그의 양손은 불덩어리로 변해 있었다.

'이 정도로는 안 되네.'

속으로 혀를 찬 성준도 허공을 박차고 마주 달려들었다. 성준의 검이 밝게 빛나고 있었다.

성준의 움직임은 점차로 가속되었다. 마주하는 악마 몬스터도 가속되었지만, 성준의 움직임은 마치 무슨 흐름을 타는 것 같았다.

성준은 눈앞에 보이는 영기의 흐름에 몸을 맡겼다. 이 악마들이 만들어놓은 세상은 영기의 흐름으로 모두 이어져 있었다. 그 흐름 중에는 악마 몬스터와 성준과 이어져 있는 흐름도 있어서 그 흐름에 성준은 편승해서 악마 몬스터에게 달려들었다.

악마 몬스터의 불붙은 주먹은 성준을 맞추지 못했다. 주먹에서 흘러나오는 영기에 성준의 몸이 뒤로 밀린 것이다.

성준은 주먹을 흘리고 그대로 악마 몬스터 옆을 지나갔다. 그리고 검을 휘둘러 악마 몬스터의 목에 대고 영기를 터뜨렸다.

쾅!

악마 몬스터의 목에서 방패 능력이 발생했다. 그 때문에 성준과 악마 몬스터는 서로 반대로 튕겨져 나갔다.

성준은 단단한 땅에 구덩이를 만들며 처박혔고, 악마 몬스터는 다른 건물을 뚫고 들어가 버렸다.

성준은 자신의 피부 강화 능력이 악마 몬스터보다 매우 낮은 것을 절감했다. 피부 강화 능력으로 막아냈는데도 땅에 처박히자 상당한 고통이 느껴졌다. 하지만 건물을 뚫고 들어간 악마 몬스터의 영기는 아직도 멀쩡했다.

성준은 다시 몸을 일으켜 악마 몬스터를 향해 달려들었다.

*　　*　　*

일행은 모두 처음 출발했던 쇠 구조물이 있는 곳으로 모였다. 일행의 숫자는 전의 반도 되지 않았다.

수리는 전망대에 있는 베르거 교수를 밑으로 내려주고, 일행과 함께 구조물 위쪽에서 도시를 바라보았다.

도시의 외곽에서 큰 소리가 울려 퍼지고 건물이 무너져 내렸다. 그리고 거대한 분진이 하늘로 치솟는가 하면 각종 빛이 난무하기도 했다. 성준과 악마 몬스터가 싸우는 곳이다.

그들의 싸움은 마치 신과 같은 초인들의 싸움이었다. 수리는 도움이 되지 못하는 자신의 모습에 안타까웠고, 하은은 성준이 걱정될 따름이었다.

"의장님 못 보셨어요?"

그런데 유먼이 돌아다니며 다코타 의장을 찾고 있었다. 모두 의아해했다. 마지막까지 멀쩡하던 의장이 보이지 않는 것이다.

일행의 시선은 다시 한 번 폭음이 울려 퍼지는 전투 현장으로 향했다.

*　　*　　*

성준은 다시 한 번 검에 든 영기를 폭발시켰다. 악마 몬스터는 자동으로 발생하는 방패 능력으로 공격을 막아냈고, 또서로 튕겨 나갔다.

이번에는 성준이 위쪽에 있어서 성준은 위쪽으로 치솟아올랐고 악마 몬스터는 건물에 처박혀 버렸다.

성준은 이번에 얻은 능력을 검에 주입하고 악마 몬스터가 처박힌 건물을 향해 휘둘렀다. 검에서 검은 선이 줄기차게 건물을 향해 쏟아졌다.

콰콰쾅!

건물은 결국 성준의 공격에 붕괴하였지만, 성준의 표정은 좋아지지 않았다. 아직도 악마 몬스터의 영기는 멀쩡했던 것이다.

쾅!

무너진 건물을 뚫고 악마 몬스터가 튀어나왔다. 악마 몬스터의 눈에 분노가 가득했다.

순간 악마 몬스터를 바라보는 성준에 눈에 이채가 나타났다. 악마 몬스터의 뺨에 상처가 난 것이다. 성준은 바로 정보 분석을 했다.

─가미긴.

—6등급.

—가미긴 던전 조율자.

—동족 영기 흡수 레벨 5.

—능력으로 흡수한 모든 악마 중 일부 능력 사용 가능.

—약점: 강제로 흡수한 능력들로 아직 불안정함. 강한 충격을 받으면 잃어버릴 수 있음.

—충격으로 방패 능력 상실, 복구 중.

—분노, 지겨움.

좋은 정보와 나쁜 정보가 있었다. 좋은 정보는 드디어 능력 하나를 못 쓰게 만들었다는 것이고, 나쁜 정보는 망가진 능력이 복구된다는 것이었다.

성준에게 접근하던 악마 가미긴은 얼굴이 쓰라린 것을 느끼고 급히 멈추어 섰다. 얼굴을 쓰다듬으니 얼굴에 상처가 난 것이 느껴졌다. 그의 얼굴이 굳어졌다. 자신의 능력 중 하나가 문제가 생긴 것을 알아차린 것이다.

얼굴이 일그러진 악마 몬스터는 몸에 이동속도 증가를 최대한으로 올리고 성준을 향해 다시 덤벼들었다.

성준은 분노에 가득 찬 악마 몬스터의 공격을 피하며 고민했다. 자신은 악마 몬스터의 공격을 영기의 흐름을 이용해서 피할 수는 있었지만, 바로 전까지 악마 몬스터에게 피해를 줄 방법이 없었다. 이제 방패 능력이 상실되었으니 한 방 먹일 수 있게 되었지만, 악마 몬스터가 이동속도를 증가시키고 덤벼드니 공격하기가 힘들었다.

얼마 전에 발견한 영기의 틈을 공격하는 능력은 감각을 최고로 올리지 않고도 쓸 수 있게 되었지만, 고속으로 이동하는 악마 몬스터의 몸 중에서 그 약점을 찌를 방법이 없었다.

이대로 가다간 다시 능력이 회복될 것이 분명했다. 성준은 표정을 굳히고 감각을 끌어올렸다. 하지만 성준은 중간에 포기하고 말았다. 아직 레벨에 감각이 따라오고 있지 못하고 있었다. 감각이 안정화가 되기 전에 최대로 끌어올렸다가는 이번에는 살아남기 힘들다는 것을 본능적으로 알 수 있었다.

감각을 최대로 올리는 것을 포기한 성준은 필사적으로 감각을 활성화해서 주변을 살폈다. 다른 대안이 있을 것이다.

신경을 여러 곳에 쓰기 시작한 성준은 악마 몬스터에게 밀리기 시작했다.

―방패 능력 상실.
―하지만 속도가 빨라 공격할 수 없음.
―잠깐 멈출 수 있으면.
―독 가능?
―주변 영기.

―하늘 문양.

―다코타 의장.

성준은 쓰러진 건물 한쪽에 서 있는 다코타 의장을 발견했다. 그는 계속해서 성준을 바라보고 있었던 모양이다. 성준과 다코타 의장의 눈이 한순간 마주쳤고, 의장의 생각을 성준은 감각으로 알아차릴 수 있었다. 의장은 죽기로 한 것이다.

의장의 생각을 알아차린 성준은 표정을 굳혔다. 그리고 다시 한 번 악마 몬스터를 몰아쳤다. 이번 공격의 목적은 악마 몬스터의 틈을 만드는 것이었다.

결국, 악마 몬스터의 창을 성준의 검이 잘라냈다. 악마 몬스터가 잘린 창을 던지고 다시 검을 소환했는데 그 짧은 순간에 성준은 반대편 손으로 악마 몬스터를 후려쳤다. 악마 몬스터는 반대편 손으로 주먹을 방어했다.

쾅!

악마 몬스터는 다시 한 번 뒤로 튕겨 나갔다. 이번에는 한 건물 앞 도로에 처박혔는데 그는 별로 피해가 없는지 바로 몸을 일으켰다. 그리고 성준을 바라보며 몸을 위로 솟구쳤다.

성준은 악마 몬스터를 향해 쏘아갔다.

악마 몬스터가 날아오는 성준을 보고 다시 한 번 가속하려고 했다. 그런데 악마 몬스터 뒤로 한 사람이 나타났다. 다코타 의장이었다.

덥석!

다코타 의장은 건물 앞에서 올라오고 있는 악마 몬스터를 옥상에서 뛰어내려 뒤에서 끌어안아 버렸다.

깜짝 놀란 악마 몬스터가 바로 힘을 주어 풀려고 했으나 악마 몬스터의 몸이 갑자기 덜컥 멈추었다.

다코타 의장이 악마 몬스터의 몸에 직접 현상 제어 능력을 퍼부은 것이다. 의장의 얼굴은 붉게 물들고 뺨의 문신은 환하게 불타고 있었다.

그리고 그 앞으로 성준이 들이닥쳤다. 악마 몬스터는 급하게 몸에 있는 영기를 폭발시켰다. 의장은 두 팔이 끊어지며 뒤로 튕겨 나갔으나, 성준은 영기의 흐름을 타고 악마 몬스터의 가슴에 검을 깊이 꽂아 넣었다. 그 부분이 제일 영기가 적었다.

그리고 성준은 바로 악마 몬스터에게 독을 퍼부었다.

양팔이 끊어진 채로 건물 벽에 박힌 의장의 얼굴에 미소가 떠올랐다. 그는 성준이 악마 몬스터의 가슴에 검을 꽂은 것을 본 것이다. 그리고 그는 영기가 되어 사라져 갔다.

하지만 성준의 검은 지금 점점 밖으로 밀려나고 있었다. 악마 몬스터가 검날을 한 손으로 잡고 몸에서 빼내는 중이었다.

하지만 악마 몬스터도 힘이 나지 않는지 검이 빠져나오는 속도가 매우 느렸다. 지금 악마 몬스터 안에선 독과 치유 능력이 전쟁을 벌이는 중이었다. 하지만 독 능력이 치유 능력보다 약해 성준이 퍼붓는 검 안의 영기가 끊어지면 바로 멀쩡해질 것이 분명했다.

악마 몬스터는 미소를 지었다. 망가진 방패 능력이 다시 돌아오고 있었다. 이번 위기만 넘기면 되었다. 어차피 비슷한 능력이면 영기 회복 속도가 수십 배나 빠른 자신이 이긴 싸움이다.

성준은 악마 몬스터의 미소를 보고도 표정이 변하지 않았다. 그는 허공에서 몸을 돌렸다. 성준의 몸이 아래로 향하자 검에 꽂혀 있는 악마 몬스터는 위쪽으로 들렸다.

악마 몬스터는 갑자기 자리를 바꾸는 성준의 모습에 어리둥절했다.

성준은 그 상태에서 있는 힘껏 허공을 박찼다. 성준과 악마 몬스터는 위로 치솟기 시작했다.

성준은 끊임없이 위로 치솟아 올랐다. 자신의 영기를 전부 허공 도약에 쏟아 부었다. 다행히 독 능력은 검이 가지고 있는 영기를 사용하기 때문에 자신의 모든 영기를 허공 도약에 집중할 수 있었다.

잠시 성준의 행동에 어리둥절해 하던 악마 몬스터는 위를 올려다보고는 표정이 변했다. 별 전체를 감싸고 있는 문양이 점점 다가오고 있었다.

악마 몬스터는 성준의 생각을 알아차렸다. 그는 필사적으로 검을 빼내려고 했다. 하지만 검을 찌르면서 위로 솟구치는 성준의 움직임과 몸속에 퍼부어지는 독으로 도저히 검을 빼낼 수가 없었다.

쿠앙!

성준은 구름을 뚫고 위로 치솟았다. 성준과 악마의 몸에 성에가 끼기 시작했다.

그들은 드디어 문양을 뚫고 위로 올라왔다. 그들의 아래로 구름이 흘러가고 있고, 하늘은 공기층이 별로 없어 반쯤 검게 보였다. 별도 보였다.

성준과 악마 몬스터의 영기가 급속도로 빠지기 시작했다.

"콜록! 이대로는 네가 먼저 영기가 소모될 거다. 내가 이겼다."

악마 몬스터는 검을 한 손으로 잡고 성준에게 선언했다.

악마 몬스터의 말에 대한 성준의 대답은 주머니에서 영기회복석을 꺼내 입에 넣는 것으로 대신했다. 성준은 자신에 검에도 영기회복석을 밀어 넣었다.

그리고 몇 분의 시간이 지나자 검에 꽂혀 발버둥 치던 악마 몬스터의 머리가 밑으로 떨어졌다. 악마 몬스터의 영기가 떨

어져 독이 악마 몬스터의 몸속을 장악한 것이다. 악마 몬스터
는 영기가 되어 사라졌고, 성준은 눈앞에 떨어지는 구슬을 손
에 쥐었다.

높은 하늘에서 바라보는 이 별의 모습은 아름다웠다. 그리
고 성준의 영기도 다 떨어졌다. 성준은 밑으로 떨어졌다. 그
는 급하게 주머니를 뒤졌지만, 아무것도 발견할 수 없었다.

그는 낭패한 얼굴이 되었다. 갑자기 온몸에 얼음이 얼기 시
작했다. 피부 강화 능력도 사용할 수 없게 된 것이다. 이대로
는 얼어 죽게 될 것 같았다.

하지만 성준은 걱정하지 않았다. 그는 손을 앞으로 펼쳐서
수리를 이곳으로 불렀다.

그의 눈앞에 나타난 수리가 그를 꼭 껴안았다.

제3장
봉인 I

성준을 껴안은 수리는 성준과 함께 아래로 떨어져 내렸다. 그녀는 성준이 추위에 떨자 자신이 가지고 있던 영기회복석을 성준의 입에 넣어주었다. 잠시 뒤 떨리던 성준의 몸이 조금 따뜻해졌다.

이윽고 둘은 문양을 통과했고, 성준의 영기는 점차로 회복되었다. 그제야 성준은 자신의 능력을 활성화할 수 있었다. 둘은 허공에 멈추어 서서 마주 보고 미소를 지었다.

그리고 그들은 일행이 기다리고 있는 쇠 구조물이 있는 곳을 향해 날아갔다. 부드럽게 날아가는 수리 옆에서 허공에 충격파를 내뿜으며 성준이 하늘을 날았다.

거대한 쇠 구조물 앞에서 걱정스럽게 성준과 수리를 기다리고 있던 사람들은 그들이 나타나자 모두 환영했고, 성준이 악마 몬스터를 제거했다고 말하자 모두 기뻐하며 소리쳤다. 그리고 이번 전투에서 가족과 동료를 잃은 사람들은 그제야 눈물을 흘릴 수 있었다.

성준을 둘러싸고 기뻐하는 사람들을 지나 유먼이 다가왔다.

"저, 의장님은 못 보셨어요?"

그녀는 성준에게 다코타 의장의 안부를 물었다. 그녀의 옆에 선 살아남은 몇 명의 원주민들도 모두 궁금한 얼굴로 성준을 바라보았다.

성준은 자세를 바르게 하고 의장의 마지막 싸움과 훌륭한 죽음에 대하여 그녀와 원주민들에게 전해 주었다. 그리고 의장에게 못한 감사를 그녀에게 고개를 숙여 알렸다.

원주민들은 모두 눈물을 흘렸다. 그동안 참아온 슬픔이 모두 터져 나온 것 같았다. 유먼도 눈물을 흘리며 성준에게 말했다.

"아버지는 여러분에게 감사하실 거예요. 딸인 제가 여러분께 감사드리겠어요."

100년 동안 살아온 아버지 다코타 의장과 딸 유먼 중에 살아남은 딸이 성준에게 인사했다.

잠시 뒤 어느 정도 감정을 추스른 사람들이 모두 모였다. 이제는 적의 성에 가야 했다. 적의 문양을 확인해 본성과 이별의 연결진과 지구와의 연결진을 모두 확인하고 좀 전에 악마 몬스터가 보여준 몬스터 홀의 화면에 대한 것도 확인해야 했다.

지구인들의 표정이 급해졌다. 지구에는 자신들의 가족이 있다. 일행 모두는 서둘러 악마들의 성으로 이동했다.

이들이 도시를 가로지르는 동안 몬스터들은 보이지 않았다. 성준과 악마 몬스터의 전투로 인해 발생한 엄청난 기세와 영기의 충돌에 몬스터들이 모두 달아나 버린 것이다.

그 덕분에 일행은 방해를 받지 않고 악마들의 성에 도착할 수 있었다.

악마들의 성은 마치 고딕 양식의 건축물을 현대적인 자재로 지은 것 같았다. 뾰족한 첨탑들이 하늘을 찌르고 있는데 그 표면이 검은색으로 번들거렸다.

성준은 감각을 활성화해서 건물을 살펴보았다. 건물에서 검은 영기 한줄기가 하늘로 뻗어 있었다. 그 영기는 별 전체를 감싸는 거대한 문양 가운데에 연결되어 작게 숨 쉬고 있다.

성준과 일행은 건물로 들어갔다. 성준은 영기의 흐름을 확인했다. 영기는 건물 주위를 흐르다가 건물 중앙으로 빨려드는 것 같았다. 성준은 일행을 건물의 중앙으로 안내했다.

건물은 거대했다. 대리석 질감의 넓은 복도와 벽, 바닥은 자신들의 모습을 비출 정도로 번쩍였다.

그리고 통로와 방에는 가디언들이 멍한 표정으로 서 있었다. 모두 주인을 잃어 멈춘 것이다.

일행은 멈추어 선 가디언들을 피해서 건물 중심으로 움직였다. 지금은 가디언들을 구할 상황이 아니었다. 더군다나 이 별의 악마 몬스터가 모두 전멸한 이상 이 신전 안은 이제 안전했다.

성준과 일행은 건물의 중심에 도착했다. 그곳은 거대한 홀이었다. 천장은 투명한 유리처럼 하늘이 보였고, 그 바로 아래의 거대한 문양이 천천히 돌고 있었다. 성준이 감각으로 확인해보니 눈앞의 문양은 이 별을 감싸고 있는 거대한 문양과 연결되어 있었다. 아까 건물 밖에서 확인한 영기 줄기는 이 문양에서 시작되는 것이었다.

성준은 홀 안을 둘러보았다. 자신의 기억이 맞는다면 이 홀 안에 본성과 연결되는 공간 연결진이 있을 것이다. 빨리 베르거 교수와 분석해야 했다. 만약 적의 본성에서 이곳의 상황을 알게 되면 큰일이었다.

하지만 성준의 눈에 공간 연결진은 보이지 않았다. 놀란 성준은 자신의 감각을 더욱 강화했다. 그러자 바닥에 공간 연결진의 흔적이 보였다. 그 흔적은 공간 연결진이 파괴되면서 남은 영기의 파편이었다. 이 흔적은 지금도 조금씩 이곳을 흐르는 영기에 흡수되어 사라지고 있었다.

성준은 이해가 가지 않았다. 악마 부네의 기억에 의하면 악마 가미긴은 본성과 연결된 공간 연결진을 망가뜨리기는 했지만, 나중을 위해서 공간 연결진 자체만은 남겨놓았다.

더군다나 이 공간 연결진을 파괴할 수 있는 것은 이 별에서 단 하나밖에 없는 던전 조율자인 가미긴뿐이었다. 그는 던전 조율자의 권한으로 고유 능력 정제도 담당하고 있었고 본성과의 공간 연결진도 책임진 상태였다.

하지만 이제 악마 가미긴은 영기로 변했으니 공간 연결진이 파괴된 이유는 미궁에 빠지게 되었다. 성준은 공간 연결진의 파괴 방법을 찾느라 고민한 것이 쓸모없게 되자 조금 허탈해졌다.

하지만 덕분에 이제 악마들의 본성과 이 별과의 연결은 완전히 끊어지게 되었다. 공간 연결진이 완전히 사라진 이상 이 별로 직접 넘어올 방법은 사라지게 된 것이다.

성준이 바닥을 보며 사라진 공간 연결진을 찾는 동안 베르거 교수는 천장 바로 아래에 있는 문양을 조사하고 있었다. 성준도 고개를 흔들고 교수를 따라서 문양을 올려다보았다.

거대한 문양 하나가 투명한 천장을 가득 메우고 있고, 사방 귀퉁이에 네 개의 작은 문양이 거대한 문양에 붙어 있었다. 방 안으로 흘러들어 온 영기는 사방의 작은 문양을 거쳐 중앙의 거대한 문양을 통과해 하늘로 올라가고 있었다.

―영기 투영진 중앙 제어진.
―시스템 관리자. 가미긴. 존재하지 않음.
―시스템 잠김.

성준은 문양을 바라보며 베르거 교수에게 이야기했다.

"이 문양, 잠겼는데요?"

성준의 말과 동시에 베르거 교수도 문양과 연결된 자신의 영기를 끊고 팔을 내렸다.

"아무래도 내 능력으로는 잠긴 것을 풀 수 없을 것 같네. 문양의 관리자가 필요하네. 아니면 강력한 해커나."

성준과 베르거 교수가 하는 말을 주의 깊게 듣고 있던 원주민들의 표정은 어두워졌다. 이곳에 오기 전에 베르거 교수에게 듣고 혹시나 자신의 별이 옛날로 돌아갈 수 있을지도 모른다는 기대를 하고 있던 것이다.

성준은 큰 문양 옆에 있는 작은 문양들도 확인했다. 그 문양은 영기의 공급을 담당하는 문양이었다. 일종의 변압기 같은 것이다.

성준은 자신이 확인한 내용을 베르거 교수에게 이야기하자 교수는 작은 문양들을 확인해 보고는 고개를 끄덕였다.

"출력을 어느 정도 줄일 수는 있을 것 같아. 하지만 조금밖에는 못 줄일 것 같네. 많이 줄어들면 감시 체계에 걸릴 것 같아."

"출력이 줄어들면 어떻게 되는 거죠?"

성준은 베르거 교수의 말에 궁금한 점을 물어보았다.

"저 하늘에 떠 있는 문양에 작은 구멍이 생길 것이네. 구멍 아래에 있는 지상은 문양의 영향을 받지 않게 되겠지."

베르거 교수의 말에 원주민들의 표정이 다시 한 번 기대로 반짝였다.

"하지만 아주 작고 몇 군데 되지 않을 거야. 바다 같은 데 생길 수도 있고."

하지만 원주민들의 눈은 계속 반짝였고, 교수는 자신위 능력을 사용해서 작은 문양들을 조정하기 시작했다.

*   *   *

별 전체를 뒤덮고 있는 거대한 문양은 흐린 빛을 뿌리며 자체적으로 밝아졌다가 어두워지기를 반복하고 있었다. 그 모습은 마치 숨 쉬는 것처럼 보여 마치 문양이 살아 있는 것처럼 보이기까지 했다.

그런데 어느 순간 지상에서 올라오던 영기가 조금 약해지는 것 같았다. 그러자 거대한 문양이 조금씩 흔들렸다. 마치 숨이 막혀 몸을 떠는 것처럼 보였다.

별을 감싸는 최대 레벨의 영기 투영진은 자신에게 공급되는 영기가 줄어들어 자신의 전체 진을 유지할 수 없게 되자 자체적으로 영기 투영진을 축소하기 시작했다.

웅웅웅~

별 전체를 울리는 거대한 소리 뒤로 거대한 영기 투영진이 100년 만에 그 모습을 바꾸기 시작했다. 그리고 영기 투영진에 조그만 구멍이 뚫렸다.

개수도 많지 않고 크기도 아주 작았지만, 이 별로서는 100년 만에 자신의 몸 중의 일부가 문양의 영향 밖으로 나가게 된 것이었다.

*　　*　　*

큰 소리가 울려 퍼지고 투명한 천장으로 보이는 문양이 바뀌자 유먼과 야키를 비롯한 원주민들은 밖으로 뛰어 나갔다. 성준과 일행도 더는 이곳에서 아무것도 발견할 수 없게 되자 원주민들을 따라갔다. 일행이 밖으로 나오자 성 앞에서 유먼과 원주민들이 멍하니 앞을 바라보고 있었다. 성준과 일행도 앞을 바라보았다. 그곳에는 몇 줄기의 빛기둥이 하늘에서 수직으로 내려오고 있었다. 그 빛은 하늘의 문양 가운데 생긴 구멍에서 시작되고 있었다.

그 모습은 외부 던전의 검의 장막과는 반대로 빛의 장막 같았다. 흐린 하늘 아래 구름 사이에서 빛이 비치는 것 같은 모습에 모두 멍하니 바라만 보고 있었다.

원주민들의 눈에서 눈물이 흘러내렸다. 그들은 지난날의 고난과 역경을 되새기면서 지금의 감격을 만끽하는 중이었다.

성준은 곧 정신을 차렸다. 이러고 있을 시간이 없었다. 성준은 일행을 불러 정신을 차리게 한 후 이동을 서둘렀다. 원주민들도 성준과 지구인들의 상황을 알고 있어 서둘러 주었다.

그들은 바로 배가 있는 곳을 향해 달리기 시작했다. 한시가 급한 성준은 베르거 교수를 업고 선두에서 달렸다.

일행은 도시에 올 때보다 두 배는 빠르게 해변에 새워놓은 배에 도착할 수 있었다. 배를 지키고 있던 호무아는 멍하니 하늘을 바라보고 있다가 일행이 달려오자 깜짝 놀랐다.

그는 엄청나게 서두르는 사람들의 모습에 어리둥절했지

만, 일행의 설명에 금방 이해하고 같이 서둘렀다.

배는 빨리 닻을 올릴 수 있었다. 배를 몰 수 있는 승무원도 많이 죽어 지구인들이 나서서 도와줄 수밖에 없었다. 다행히 귀환자들이라 숙련되지 못한 부분은 힘으로 해결할 수 있었다.

배는 말 그대로 바다를 가르며 전진했다. 악마 몬스터에게 들킬 걱정이 없어진 일행은 배의 엔진을 최고로 가동했고, 보람은 영기가 다할 때까지 능력을 바다에 쏟아 부었다. 배는 마치 쾌속정처럼 뱃머리를 들고 파도를 부수며 앞으로 치달았다.

배가 항구도시 풰번의 앞바다에 도착했을 때는 어둠이 내려 별이 떠오르고 있었다. 이번에도 이동 시간이 반 아래로 줄어들었다. 얼마 전 보람이 탈진해 쓰러진 그 뒤로 성준과 수리가 배를 밀고 있었다.

일행은 눈앞에 보이는 아름다운 광경을 멍하니 바라보았다. 바다 한가운데 하늘에서 빛이 내려와 한 작은 섬을 비추고 있었다. 섬은 주변의 바다와 섬들 사이에서 홀로 빛나고 있었다. 그 섬은 원주민들의 마지막 피난처였다.

배가 섬에 도착하자 섬에 남은 사람들이 환호성을 질렀다. 그리고 배에서 내리는 사람들을 확인하던 사람들은 자신이 기다리던 사람들이 보이지 않자 결국 자리에 앉아 오열하고 말았다. 그 슬픔은 원주민들 모두에게 전염되었다.

원주민들이 오열하는 모습을 잠시 바라보던 성준은 다시 떠날 채비를 했다. 성준의 동료들도 굳은 표정으로 움직였다. 이들은 아직 전투가 끝나지 않은 상황이었다. 동료를 잃은 슬픔은 전투가 끝나기 전에는 참을 수밖에 없었다.

성준과 일행이 출발하려고 하자 원주민들은 슬픔을 추스르고 성준 일행을 배웅했다. 이 별 사람들은 모두 이 섬에 남기로 했다. 이곳을 제2의 성역으로 삼아 조금씩 자신들의 문명을 복구하기로 한 것이다.

이들의 미래는 아직은 험했다. 별 전체가 오염되어 있고 아직 엄청난 숫자의 몬스터들이 별을 돌아다니고 있었다. 그중에는 강력한 몬스터도 존재했다.

하지만 이들은 희망에 가득 차 있었다. 그리고 성준이 보기에도 이들은 희망을 충분히 만끽해도 될 것 같았다.

성준과 일행은 배에 올라탔고, 배의 항해를 도와줄 몇 명의 원주민도 배에 올랐다. 그리고 마지막으로 결계 능력자 야키와 정찰대 소속의 소년 호무아가 배에 올라탔다.

야키가 성준에게 다가와서 이야기했다.

"우리도 여러분을 도와야 한다고 의견을 모았어요. 하지만 저희는 도움이 될 만한 것이 없어서 이번에 실직자가 된 제가 따라가기로 했어요. 아마도 제가 여러분의 별에서 도울 일이 있지 않겠어요?"

야키는 두 손을 모으고 성준에게 인사를 했다. 그녀 뒤에
있던 호무아도 야키의 뒤를 이어 냉큼 이야기했다.

"야키 누나 보호를 위해 같이 왔어요."

하지만 그렇게 말하는 호무아의 눈은 새로운 모험에 대한
기대로 반짝이고 있었다.

배를 배웅하는 유먼과 이 별 사람들을 뒤로하고 배는 별이
흐르는 바다를 가르며 빠른 속도로 나아갔다.

지구는 최악의 상황이었다. 몬스터 홀은 큰 도시마다 하나
씩 존재했다. 어느 도시는 몬스터 홀이 두 개 있기도 했다.

그 몬스터 홀이 모두 자신의 최고 레벨의 몬스터 홀로 변해
버리고 바로 외부 던전이 발생하자 몬스터 홀이 있는 도시의
사람들은 그대로 외부 던전에 갇혀 버렸다. 작은 2레벨 외부
던전은 지름이 1km 정도였지만 3레벨, 4레벨 외부 던전은 그
보다 훨씬 컸다.

그리고 더 엄청난 크기의 외부 던전도 나타났다. 5레벨 외
부 던전이었다. 그 외부 던전들은 도시 전체를 감싸 버렸다.

순식간에 수억 명의 인구가 그대로 외부 던전 안에 갇혀 버
리고 말았다.

더 무서운 일은 외부 던전에 나타난 몬스터들이었다. 그동

안 보지 못하던 4레벨, 5레벨의 엘리트 몬스터들이 높은 레벨의 외부 던전 안에 나타났다. 그리고 몬스터들은 외부 던전 안에서 날뛰기 시작했다.

그야말로 지구가 멈춘 날이었다. 지구 상의 모든 국가는 군대와 귀환자들, 그리고 모든 넘버 피플까지 끌어모았다. 단 한 개의 외부 던전이라도 막아야 했고, 단 한 명의 목숨이라도 살려야 했다. 그야말로 인간들은 최선을 다했다.

*　　*　　*

정 교관은 온몸이 상처투성이였다. 역시 하은이 없으니 부상은 어쩔 수 없었다.

이곳은 청주 몬스터 홀의 코어 던전이었다. 정 교관은 수많은 난관을 뚫고 결국 코어 보석 앞에 도착할 수 있었다.

여기까지 도착하는 데 큰 피해가 있었다. 군인들이 외부 던전에 같이 진입해서 몬스터들을 몸으로 막아서며 귀환자들을 몬스터 홀까지 보내는 데 최선을 다했다. 외부 던전 밖에서 헬기와 전차도 지원받았지만 결국 귀환자들마저 피해를 보고 말았다.

그렇게 겨우 코어 던전에 진입한 후에도 귀환자들의 피해는 계속되었다.

하지만 겨우 여기까지 오는 데 성공했다. 정 교관은 코어 보석을 향해 창을 휘둘렀다. 창은 코어 보석을 가르는 데 성공했고, 잠시 뒤 코어 보석은 공중으로 떠올라 여러 개의 문양을 만들어냈다.

전에 보던 그대로였다. 성준이 검을 코어 보석에 꽂아 넣어 각성시킨 것을 알지 못하는 정 교관은 자신의 뒤에서 몬스터들이 사라지는 모습에 만족했다.

정 교관은 뒤를 돌아보았다. 청주에 같이 온 귀환자 중에 1/4이 안 보였다. 여기까지 오는 동안 죽거나 다쳐서 안 보이는 인원이다.

그는 주먹을 피가 나도록 움켜쥐었다. 그는 자신의 능력 부족을 절감했다. 성준이 있을 때는 귀환자가 죽는 일이 희박했다. 그것도 고레벨의 던전에서 강하고 많은 몬스터들을 상대할 때만 죽었다. 그런데 자신은 단지 2레벨 외부 던전을 막는데 이렇게 많은 귀환자를 죽이고 만 것이다.

하지만 그는 자신의 할 일을 잊지 않았다.

"모두 귀환석으로 움직입시다. 시간이 얼마 없습니다."

그는 일행을 이끌고 귀환석이 있는 곳으로 향했다. 빨리 이곳을 빠져나가야 했다.

정 교관은 달려가면서 자신의 손목을 힐끔 바라보았다. 경험치가 100이 되었다. 이제야 레벨 업이 가능해진 것이다. 정 교관은 주머니 속에 있는 3레벨 구슬을 기억하고 마음을 굳게 먹었다.

정 교관의 눈앞에 귀환석이 나타났고, 그는 귀환석에 손을 올렸다.

*　　　*　　　*

모든 몬스터 홀이 외부 던전으로 전환되자 전 세계의 모든 나라는 필사적으로 외부 던전을 막기 위해 노력했다. 귀환자나 넘버 피플이 있는 국가들은 그들에게 빌기도 하고 협박하기도 해서 최대한 외부 던전에 집어넣었다. 그리고 몬스터 홀 근처의 육군 사단 전체를 통째로 외부 던전에 밀어 넣은 나라도 있었다.

하지만 결국 그 어떤 나라도 3레벨 이상의 외부 던전을 시간 안에 초기화한 나라는 없었다. 아무리 많은 군인을 밀어넣어 외부 던전을 장악해도 코어 던전에 들어갈 인원은 제한되어 있었다. 3레벨 코어 던전을 공략할 만한 능력의 귀환자를 가진 국가가 어디에도 없었기에 3레벨 이상의 외부 던전은 결국 모두 하나도 초기화할 수 없었다.

그나마 가능한 2레벨 외부 던전도 몇 개의 나라만이, 그것도 몇 개의 외부 던전만 초기화할 수 있었다. 2레벨 외부 던전도 3레벨 외부 던전과 마찬가지로 2레벨 이상의 공략팀이 있지 않고선 거의 공략이 불가능한 상황이었다.

초기에 공략한 1레벨 외부 던전을 생각하고 덤벼든 수많은 국가의 귀중한 2레벨 귀환자들이 목숨을 잃었다.

결국 시간이 지나 외부 던전이 모두 사라지기 전까지 미리 없앨 수 있는 외부 던전은 열 개가 되지 않았다. 그것도 수많은 사람의 목숨을 잃어가며 제거한 것으로 2레벨 이상 귀환자의 숫자가 하루 만에 반 이상 줄어들었다.

그리고 외부 던전이 사라질 때까지 수백만 명의 사람이 외부 던전 안에서 몬스터들에게 목숨을 잃었다. 그 어떤 전쟁에서도 하루 만에 이렇게 많은 사람의 목숨을 잃은 적이 없었다.

그리고 마지막으로 외부 던전이 사라지는 순간 전 세계에 수억 명의 넘버 피플이 생겼다.

전 세계의 국가들은 계엄령을 선포하기 시작했다. 아무리 민주주의가 잘 지켜지는 나라라도 국민의 10%가 넘버 피플이 되어버리면 치안을 유지할 수가 없었다. 다행히 도시 안에 외부 던전이 발생해서 군대를 유지할 수 있던 국가의 정부는 군대를 외부 던전이 발생한 도시로 진입시켰다.

그리고 각국은 넘버 피플이 폭동을 일으키지 못하게 막는 데 최선을 다했다. 하지만 얼마 지나지 않아 몬스터 홀을 진입할 수 있는 넘버 피플이 많지 않다는 것이 알려졌다.

몬스터 홀을 진입하려면 진입하는 사람마다 어느 정도의 대기 시간이 필요했다. 그동안 넘버 피플이 발생한 국가에서는 전국의 몬스터 홀과 주변 나라의 몬스터 홀을 이용해서 아슬아슬하게 버텨왔지만, 갑자기 수십 배가 되는 인원을 감당할 수는 없었다.

전 세계적으로 대규모 폭동이 일어났고, 폭동이 일어나지 않은 곳의 넘버 피플도 두려움에 떨며 달력을 바라보았다. 이 사건을 해결할 방법이 없으면 며칠 후 수억 명의 넘버 피플이 동시에 죽게 될 것이다.

*　　　　*　　　　*

회의실에는 정 교관과 조 실장이 앉아 있었다. 정 교관은 청주 외부 던전을 초기화한 후 바로 4레벨로 올라섰다. 그리고 그는 안양으로 직행했다. 3레벨 외부 던전이 발생한 안양에 도착한 정 교관은 다른 귀환자들과 코어 던전 진입을 도전했다.

하지만 그는 결국 몬스터 홀 앞에서 뒤로 물러서고 말았다. 몬스터 홀을 지키고 있던 거대한 가디언들을 도저히 이길 수가 없었기 때문이다. 그는 다른 귀환자들의 피해가 심해지자 결국 뒤로 물러설 수밖에 없었다.

하지만 그는 안양 외부 던전에서 수많은 사람의 목숨을 구할 수 있었다. 외부 던전을 다니며 사람들을 습격하는 몬스터를 제거하고 다니는 그의 모습에 안양 시민들은 열광했다. 외부 던전이 사라지고 하루가 지난 오늘 인터넷에서 그는 영웅이 되어 있었다.

사방이 절망이 가득 찬 상황에서 사람들은 영웅을 간절히 바라게 될 수밖에 없었다. 하지만 그 영웅은 지금 피곤한 얼굴로 조 실장의 이야기를 듣고 있었다.

"뉴욕의 공항은 폐쇄되었습니다. 전 세계에서 비행기들이 뉴욕과 중앙아프리카로 몰려들었기 때문입니다. 중앙아프리카 쪽은 공항이 부실해서 몰려드는 비행기를 감당하지 못해 공항 전체가 불바다가 된 모양입니다. 다행히 저희 전용기는 미국의 배려로 공항에 착륙할 수가 있었습니다."

갑자기 터진 외부 던전 사태를 인지하고 정 교관과 조 실장은 한국에 돌아온 전용기를 급하게 뉴욕으로 출발시켰다. 도중에 뉴욕 공항의 폐쇄 소식에 걱정했는데 다행히 착륙할 수 있었던 모양이다.

"우리나라도 넘버 피플이 수십만 명입니다. 최대한 몬스터홀에 밀어 넣고 있는 모양인데 시간 안에 반도 들어가지 못할 것 같습니다. 그나마 들어간 사람들의 생존 확률이 70%밖에 안 되는 것은 둘째 치고 말입니다."

그래도 한국의 사정은 그나마 나은 편이었다. 성준과 귀환자들이 몬스터 홀을 상당히 많이 제거해서 외부 던전의 숫자가 다른 나라보다 적었기 때문이다.

"하지만 귀환자들을 출국 금지한 것은 큰 문제입니다. 전 세계의 귀환자들을 통합하는 연합을 발족시키고 얼마 되지 않아 바로 붕괴시킨 꼴입니다."

정 교관은 울적한 목소리로 이야기했다. 그는 성준이 만들어놓은 모든 것을 하루아침에 모두 망가뜨린 기분이었다.

"하지만 정부도 답이 없었을 겁니다. 지금 상황에서 높은 레벨의 귀환자들이 다른 나라로 빠져나가면 돌아올 수가 없습니다. 아마 그쪽 나라에서 놓아주지 않을 겁니다."

조 실장은 정 교관을 위로했다. 이 상황에선 방법이 없었다.

"힘으로 빠져나올 수 없으면 방법이 없군요."

"네, 조합장님과 외계에 나가 있는 귀환자들이 없으면 시도도 못 해볼 일이지요."

정 교관은 외부 던전이 시간이 지나 없어지고 나서 귀환자들을 데리고 가까운 일본이나 중국의 2레벨 몬스터 홀이라도 제거하기 위해 움직이려고 했다. 하지만 정부에서 귀환자들의 출국을 승인하지 않았다. 위기 상황에서 귀환자들을 잃을 수 있다는 이유였다.

"결국 우리는 이곳에 앉아 조합장님이 오기를 기다릴 수밖에 없다는 이야기이군요."

"네, 조합장님이 이 상황을 타개할 기적 같은 방법을 가져오시기를 기도하는 수밖에 없습니다."

한숨을 쉬며 이야기하는 정 교관의 말에 조 실장은 맞장구를 쳤다.

회의실의 두 남자는 어두운 얼굴로 생각에 잠겨 들었다.

*　　　*　　　*

성준과 일행은 밤새도록 강을 거슬러 올라갔다. 결국, 다음 날 오전 일행은 처음 이곳에 도착했던 도시에 다다를 수가 있었다.

밤새 능력을 사용한 보람은 성준의 등에 업혀 잠들어 있었지만 다른 사람들은 몸 상태가 나쁘지 않아 보였다. 다들 수많은 전투와 위기 상황을 거쳐 오면서 자기 관리가 철저해진 덕분이다.

성준과 일행은 배에서 내려 이곳까지 배를 몰아준 원주민 귀환자들과 작별했다. 그리고 그들은 도시를 향해 달려갔다.

베르거 교수는 재식의 등에 업혔다. 한쪽 팔로 베르거 교수를 받친 재식은 일행과 함께 도시를 향해 달려갔다. 재식의 옆에는 어느새 마리아가 같이 달리고 있었다.

성준은 달리면서 자신의 팔을 힐끔 바라보았다. 하은의 치료를 받아 다시 자라난 팔이 아무 위화감도 느껴지지 않은 까닭이다. 5레벨 이후의 귀환자는 가디언과 동급의 존재가 되는 것 같았다.

성준은 자신의 몸 전체가 영기로 구성되어 있을 것으로 생각했다. 하지만 그는 더는 그런 것에 연연하지 않기로 했다. 몸이 어떻게 구성되어 있든지, 자신은 인간이었다. 수많은 가디언과 외계인, 그리고 악마 몬스터까지 본 그는 몸의 구성 요소 자체는 별 의미가 없다고 생각하게 되었다.

그리고 지금 당장 중요한 일은 지구로 돌아가는 것이었다. 성준은 다리에 힘을 주었다. 그의 몸이 앞으로 쭉쭉 달려갔다.

성준과 일행의 앞을 몬스터들이 다시 막아섰지만, 일행은 그대로 몬스터들을 관통해서 지나갔다. 폭풍우 같은 공격에 몬스터들 가운데가 바로 붕괴되었고, 일행은 그 사이를 빠르게 지나갔다.

그 모습을 보고 몬스터들은 쫓을 생각도 못했고, 얼마 전에 3레벨 몬스터를 제거한 일행이라는 것을 알아챘다.

그 후에 일행은 방해를 받지 않고 악마 부네의 신전에 도착할 수 있었다. 그들은 바로 처음 그들이 도착한 신전의 중앙으로 움직였다. 그곳은 처음 그대로의 모습이었다.

"교수님, 부탁합니다."

성준의 부탁에 교수는 고개를 끄덕였다. 그의 분위기도 가라앉은 것이 지구에 있는 사람들이 걱정되는 모양이었다.

교수는 손을 올려 흐리게 껌뻑이는 문양에 자신의 능력을 연결했다.

교수는 반나절 만에 공간 연결진을 활성화시키는 데 성공했다. 전보다 시간을 1/3이나 줄인 것이다.

일행의 앞에 검은 막이 생성되었다.

일행은 그 막 안으로 들어섰다. 긴장한 얼굴의 야키를 끝으로 성준을 제외한 모든 인원이 막 안으로 사라졌다.

성준은 잠시 주위를 둘러보았다. 언제 다시 오게 될지 모르는 별이다. 잠시 감상에 젖어 있던 그는 검은 막 안으로 걸어들어갔다.

검은 막은 영기가 되어 소멸했다. 부서진 부네의 신전은 적막한 기운만이 감돌았다.

뉴욕에 건설 중인 영기발전소 내부는 긴장이 흐르고 있었다. 수많은 군인이 발전소 외부와 내부의 중앙 홀 주위를 완전무장하고 경계하고 있었고, 중앙 홀 구석에서 넘버 피플들은 두려운 표정으로 줄을 서서 영기를 채우고 나가고 있었다.

발전소는 공사 자체가 중단된 것처럼 보였다. 공사하는 인부도 보이지 않고 직원들도 자리에 없었다.

발전소 중앙 홀은 바닥에 흐리게 빛나는 검은 문양과 그곳에서 뿜어져 나오는 영기, 그리고 천장에 매달려 있는 거대한 기계, 마지막으로 말없이 움직이는 넘버 피플과 군인이 이곳을 비현실적으로 보이게 했다.

어제의 외부 던전 사태로 인해 오늘 아침에 이곳으로 파견 나온 CIA 요원인 리차드는 사무실 창문 밖으로 보이는 검은 문양을 보고 한숨을 내쉬었다.

지금 미국 정부는 대혼란 상황이었다. 물론 다른 나라도 마찬가지겠지만, 지금 정부에서 제정신으로 움직이는 사람은 하나도 없다는 것을 정부의 모든 사람이 확신하고 있었다.

그렇지만 외부 던전이 사라지고 백악관에서 한 첫 회의 때 제일 처음 결정된 것은 이곳에서 외계의 행성으로 작전을 벌이기 위해 출발한 한국의 귀환자들을 이곳에 묶어두기로 한 것이다. 이것이 그나마 제정신으로 한 최초이자 최후의 결정일 것이다.

외계 행성에서 무슨 일이 있었는지 모르지만 지금 상황에서 그 귀환자들을 미국에 묶어두는 것은 절대적으로 필요한 행위였다.

이미 미국 정부, 아니, 전 세계 정부들은 이번에 발생한 넘버 피플들의 목숨은 반쯤 포기한 상황이었다. 현재 정부의 목표는 몬스터 홀들이 다시 외부 던전이 되기 전에 제거하는 것이었다. 그것을 위해서는 한국의 귀환자 조합밖에는 대안이 없었다.

이미 미국과 강대국들이 극심한 힘겨루기에 들어갔다. 여차하면 귀환자 조합을 빼앗기 위해 전쟁도 불사할 상황이었다. 한국은 말도 못 하고 미국의 눈치만 보고 있었다.

그래서 미국 정부는 CIA 대인 상담 전문가인 자신을 이곳에 파견한 것이다. 자신에게 내려진 명령은 수단과 방법을 가리지 않고 한국 귀환자 조합을 이곳 미국, 아니, 뉴욕에 묶어 두라는 것이었다.

리처드는 다시 한숨을 내쉬었다. 수단과 방법을 가리지 말라고 했지만, 그동안 귀환자들을 감시한 내용을 보면 무슨 초인들이 모여 만든 팀으로 보였으니 무력으로는 안 되는 것이 분명했고, 결국 대화로 해결해야 하는데 정말 쉽지 않아 보였다.

리처드는 정 안 되면 드러누워야겠다고 생각했다. 어차피 공항도 폐쇄되어 있으니 핑계는 충분했다.

그렇게 생각을 정리한 리처드는 탁자 위의 커피잔을 들어 올리려고 했다. 그런데 잔 안의 커피가 물결치기 시작했다.

징~

창밖으로 보이는 중앙 홀에서 이상한 소리가 울리기 시작
했다. 그 소리는 점점 커졌다. 주변을 경계 중인 군인들이 총
을 들어 올렸고, 구석에서 줄을 서고 있던 넘버 피플들은 두
려워서 서로를 껴안았다.

잠시 뒤 홀의 중앙에 있는 검은 문양 위로 검은 점 하나가
나타났다. 점은 점점 커지기 시작하더니 문양 위에는 지름
4m의 거대한 원형의 검은 막이 나타났다. 마치 검게 칠해진
거대한 원형 거울 같았다.

이상한 소리가 멈추고 검은 막의 확장이 멈추자 막 안에서
사람들이 나오기 시작했다.

성준과 일행이 지구로 귀환한 것이었다.

성준은 며칠 만에 돌아온 발전소의 내부 모습에 눈살을 찌
푸렸다. 전과 분위기가 완전히 달라진 것이다. 사방을 지키는
군인의 숫자가 몇 배 이상이 늘었고 군인들 눈에서 살기가 느
껴졌다. 한쪽에 늘어서 있는 넘버 피플은 두려움에 가득 차
있었다.

발전소는 전체가 공사를 중단한 것처럼 보였다. 마치 자신
의 세상이 아닌 알지 못하는 세상에 들어온 것 같았다.

성준은 전에 본 사람들이 보이지 않자 감각을 활성화해서

지금 있는 사람 중에 제일 높은 사람을 찾았다.

잠시 사람들을 확인하던 성준은 세상이 흔들리는 모습에 고개를 흔들었다. 전과 같은 현상이었다. 아마도 6레벨 맞게 감각이 활성화되는 것 같았다. 그는 잠시 문양을 바라보며 고개를 갸우뚱거렸다.

고개를 흔들어 정신을 가다듬은 성준은 2층 사무실 앞에서 자신들을 바라보고 있는 양복 차림의 장년의 남성을 바라보았다. 그가 이곳의 책임자였다.

성준은 그를 바라보고 말했다. 하은에게서 전달 받은 영어가 빛을 발했다.

"한국의 귀환자 조합 일행이 외계 행성의 방문을 마치고 돌아왔습니다. 상황을 보고해야 하는데 누구에게 하면 됩니까?"

성준은 책임자가 누구인지 모르는 척 그에게 말했다.

"아, 지금 이 자리에 안 계십니다. 저희가 바로 수배하겠습니다. 고생하셨습니다. 우선 힘드실 텐데 잠시 쉬면서 기다리시는 게 어떻겠습니까? 우선 휴게실로 안내해 드리겠습니다."

거짓말이었다. 책임자는 그 자신이고, 그는 여기에 성준과 일행을 묶어둘 생각이었다. 감각으로 상황을 파악한 성준은 이상하게 돌아가는 분위기에 다시 물어보았다.

"그럼 저희 물건을 돌려주시겠습니까? 우선 핸드폰을 빌려주시기 바랍니다. 몇 군데에 저희가 돌아온 소식을 전해야 해서요."

성준의 말에 리처드 요원은 긴장했다. 이제부터 조심해야 했다.

"어제 지구 전체에 큰 사건이 일어났습니다. 외부 던전이 전 세계적으로 다발적으로 발생했습니다. 전자부품 태반이 망가져서 지금 통신이 이루어지는 곳이 많지 않습니다. 수리하고 있다고 하는데 언제 회복될지 모르겠습니다."

역시 화면에서 본 일이 실제로 일어난 모양이다.

하지만 그는 진실 속에 거짓말을 숨겨놓았다. 성준은 한숨을 내쉬었다. 자신에게 거짓말이 통하지 않는다는 것을 알지 못하기에 하는 바보 같은 짓이다.

성준은 주위를 둘러보았다. 이곳은 영기의 흐름이 강한 곳이니 영기의 흐름을 이용하면 사람들의 옷 안 정도는 투시할 수 있었다.

"당신의 상의 주머니에 있는 핸드폰을 빌려주시면 됩니다. 잠시 쓰고 돌려드리겠습니다."

리처드는 식은땀을 흘렸다. 자신의 말이 전혀 안 먹힌 것이 분명했다.

'제길, 이럴 줄 알았어. 세계 최강의 귀환자라고 했으니 다

른 능력이 있을 법도 한데, 좀 더 조사해야 했잖아!'

리처드는 속으로 자신이 읽은 보고서를 쓴 다른 요원을 욕했다. 결국 방법이 없었다. 리처드는 그냥 뻗대기로 했다.

"여러분은 지금부터 이곳에서 지내주시기 바랍니다. 이미 미국의 모든 공항은 폐쇄되었습니다. 여러분의 비행기도 뉴욕공항을 벗어날 수 없습니다. 시간이 지나 공항 폐쇄가 풀리면 그때는 귀국으로 돌아갈 수 있을 겁니다."

성준은 한숨을 쉬었다. 이야기가 겉돌고 있었다. 저 남자는 어떻게 하든지 자신들을 이곳에 붙잡고 있으려는 모양이다. 하지만 자신은 그런 것은 관심이 없었다. 지금 중요한 것은 그런 문제가 아니었다.

성준은 호무아에게 지시했다.

"앞쪽 남자의 상의 호주머니에 있는 것을 꺼내올 수 있겠니?"

호무아는 성준의 말에 반색했다.

"물론이죠."

그는 손을 들어 2층 난간에서 자신들을 내려다보고 있는 사람을 가리켰다.

철컥, 철컥.

호무아의 움직임에 놀란 군인들이 안전장치를 풀고 일행을 향해 총을 겨누었다.

그러자 일행의 진형이 자연스럽게 변했다. 성준의 주변으로 전투 진형으로 변한 일행이 무기를 소환하자 일행을 반투명한 방패 능력이 감싸 안았다. 그리고 일행의 머리 위로 수십 개의 얼음 창이 사방을 가리키며 떠올랐다.

총을 겨눈 군인들의 얼굴이 하얗게 변했다. 이들은 뉴욕 전투에 참여한 군인들이었다. 일행의 강함을 잘 알고 있었다.

휘리리릭.

하지만 호무아의 손에서는 아무것도 발사되지 않았다. 단지 리처드의 상의에 있는 핸드폰이 빙글빙글 돌면서 호무아에게 날아올 뿐이다.

호무아가 핸드폰을 낚아채서 성준에게 전해 주자, 성준은 핸드폰을 확인했다. 당연히 암호가 걸려 있었다.

"이 핸드폰의 비밀번호가 뭐죠?"

성준이 묻자 그는 어이없다는 표정을 지었다. 알려줄 리가 없지 않은가.

성준은 고개를 끄덕이곤 핸드폰의 암호를 입력했다. 레벨이 오르자 사람들의 표층 의식의 정보를 얻을 수 있게 된 것이다.

성준은 암호가 풀린 핸드폰에 전화번호를 입력했다. 리처드는 성준이 바로 핸드폰의 암호를 풀어버리자 멍하니 성준만 바라보았다.

—이 번호는 백악관 직통 번호입니다. 모르는 번호입니다. 누구십니까? 잘못 건 전화면 바로 끊어주시기 바랍니다.

전화에서는 낭랑한 여자의 목소리가 들려왔다.

"한국 귀환자 조합의 최성준입니다. 외계 행성에서 지금 돌아왔습니다. 이 전화는 뉴욕 발전소에 있는 요원의 핸드폰입니다. 확인해 보시면 될 겁니다. 지금 대통령과 통화하고 싶습니다."

—아, 잠시만요! 잠깐만 기다려 주세요. 확인하겠습니다.

전화 속의 말투가 갑자기 변했다. 성준은 전화기에서 입을 떼고 리처드에게 말했다.

"미국 대통령과 통화하려고 합니다. 무기를 내려도 되지 않겠습니까?"

성준의 말에 리처드는 정신을 차리고 군인들에게 신호를 보냈다. 군인들이 안도의 한숨을 쉬고 무기를 내리자 일행도 능력을 거두었다.

잠시 뒤 확인을 했는지 미국 대통령의 목소리가 들렸다.

—돌아왔군요. 살아 돌아와서 다행입니다. 그쪽의 상황은 알고 있습니다. 하지만 지금은 어쩔 수 없습니다. 전 세계가 충돌 일보 직전입니다. 정상적인 생각으로 움직이는 나라가 거의 없습니다. 조금 안정이 될 때까지 저희가 보호해 드리겠습니다.

전형적인 진실과 거짓이 섞인 정치인의 이야기였다.

상당히 빠르게 이쪽 상황이 전달된 것 같았다. 아니면 감시 카메라 등으로 실시간 확인하고 있을지도 몰랐다. 하지만 성준은 그런 이유에서 전화한 것이 아니었다.

"시간이 얼마 없습니다. 당장 4레벨 이상의 몬스터 홀의 위치와 레벨 정보를 알려주시기 바랍니다. 그리고 제일 빠른 비행기가 필요합니다. 지금도 몬스터 홀을 확인하기에는 시간이 부족합니다."

전화 반대편에서는 대답이 없었다. 잠시 뒤 더듬거리는 대통령의 목소리가 들려왔다.

─혹시 지금 하신 말씀은 지금 사태를 해결할 수 있는 대책이 있으시다는 이야기인가요?

"확답은 못 드리겠습니다. 하지만 지구 상에 있는 몬스터 홀을 제거하는 방법은 찾은 것 같습니다."

전화하고 있는 성준의 눈앞에 흐리게 빛나는 문양이 있었다. 하지만 감각을 활성화한 성준의 눈에는 문양이 영기 그 자체로 보였다. 숲지기 가디언이 말한 예언이 맞았다. 6레벨이 되니 드디어 문양이 검게 물들었다.

성준은 지구 전체를 관장하고 있는 몬스터 홀을 알아볼 수 있다는 것을 직감적으로 알아차렸다. 그리고 그 몬스터 홀은 최고 레벨의 몬스터 홀 중 하나일 것이 분명했다.

*　　　*　　　*

성준의 말을 들은 백악관은 바로 움직였다.

전 세계의 정상들은 미국의 갑작스러운 요청에 어리둥절한 얼굴로 영상통화를 나누었고, 그들은 성준의 목소리를 확인한 즉시 힘을 모았다.

전 세계 정보기관이 사상 최초로 힘을 합쳐 하나의 목표를 향해 움직이기 시작했다. 이들은 전 세계에 흩어져 있는 고레벨 몬스터 홀을 확인하기 위해 최선을 다했다.

우선 정보기관들은 그동안 파악한 외부 던전들의 크기를 확인해 그곳의 몬스터 홀의 레벨을 알아냈다. 주변국, 적국 상관없이 외부 던전 정보와 몬스터 홀의 문양을 모으기 위해 필사적으로 노력했다.

그리고 모든 정찰 위성이 위성의 남은 수명을 포기하고 이동을 시작했고, 정찰기들은 연료를 가득 싣고 국경을 초월해서 하늘을 날았다. 정찰 위성과 정찰기들의 목표는 레벨이 확인되지 않은 몬스터 홀의 문양을 확인하는 것이었다.

그들의 노력은 훌륭했다. 시간과 인력이 부족했지만 결국 24시간 만에 성준의 앞에 열다섯 개의 4레벨 몬스터 홀과 세 개의 5레벨 몬스터 홀의 정보가 놓였다.

성준은 눈을 빛냈다. 이 세 개의 5레벨 몬스터 홀 중에 자신이 찾는 몬스터 홀이 있을 것이 분명했다.

5레벨 몬스터 홀은 브라질과 루마니아, 그리고 인도에 있었다. 정보를 확인한 성준은 바로 출발 준비를 했다. 세 곳의 몬스터 홀 중에서 지구에 있는 몬스터 홀을 관리하는 몬스터 홀을 찾아야 했다.

*　　*　　*

성준이 지구에 도착한 당시 그의 이야기를 들은 미국 정부는 바로 귀환자 일행에 대한 대우를 바꿀 수밖에 없었다. 바로 일행에게 사과한 미국 정부는 성준의 일행을 센트럴 파크 옆에 있는 플라자 호텔에 숙소를 잡게 했다. 플라자 호텔은 뉴욕에 발생한 외부 던전 사태로 전기 제품이 다 파괴되고 몬스터에게 피해도 보았지만 벌써 수리가 완료돼서 영업을 하고 있었다.

성준은 호텔에서 한국과 연락해 자신들의 귀환을 알렸고, 정 교관의 사과를 듣게 되었다. 하지만 인터넷에서 이미 정 교관의 활약상을 전해 들은 성준은 오히려 정 교관에게 감사했다.

성준은 정 교관에게 외계의 행성에서 벌어진 일을 설명하고 자신이 이야기하면 사람들을 이끌고 바로 달려와 줄 것을 부탁했다. 정 교관의 약속을 확인한 성준은 마지막으로 정 교관의 4레벨 달성을 축하했다. 4레벨이 되지 않았으면 인터넷에 알려진 활약상을 펼치지 못했을 것이다.

* * *

출발 준비를 마친 성준은 호텔 옥상으로 향했다. 헬기가 오기로 한 것이다. 성준은 호텔 옥상에서 마중 나온 사람 중 보람에게 나머지 일행을 부탁했다.

"내가 부르면 사람들과 바로 달려와 줘. 하은과 수리는 내가 소환해서 그 자리에 없을 거야. 보람에게 부탁할 수밖에 없을 것 같아."

보람은 성준의 말에 고개를 끄덕였고, 성준은 사람들을 돌아보고 헬기에 올라탔다.

헬기는 바로 뉴욕 라가디아 공항으로 향했다. 공항에는 F—22로 보이는 비행기 한 대가 기다리고 있었다. 일반 항공기 사이에 보이는 최신 전투기의 모습에 공항 관계자들은 신기해했다. 성준은 헬기에서 내려 F—22 전투기에 올라탔다.

조종사 말로는 알려지지 않은 F—22 신형 복좌식 전폭기라고 하는데 성준은 그저 비밀리에 가지고 있던 2인승 전폭기로 알아들었다.

전폭기는 빠른 속도로 공항을 이륙했다. 전폭기는 바로 가속하기 시작했고, 성준은 이 전폭기의 속도에 매우 놀랐다. 전폭기는 마하 1.5의 속도로 브라질을 향해 날아갔다.

전폭기는 중간에 공중 급유를 받으며 엄청나게 빠르게 브라질의 리우데자네이루로 날아갔다. 전투기는 공항 폐쇄로 관제탑의 유도 없이 공항에 착륙할 수밖에 없었다. 외부 던전이 공항을 덮친 것이다. 성준은 공항에 도착하자 브라질 정부가 제공한 헬기로 옮겨 타고 도시 중심에 있는 몬스터 홀을 확인했지만 아쉽게도 다른 몬스터 홀과 다르지 않았다.

그는 다시 한 번 전폭기에 올라타고 대서양을 건너갔다. 미국은 이미 공중 급유기를 대서양 중간에 띄워놓은 상태였다. 대서양 중간에서 급유를 받은 전폭기는 유럽을 향해 날아갔다. 동유럽의 루마니아가 목표였다.

전폭기는 영국 상공에서 다시 한 번 공중 급유를 받고 무사히 루마니아에 도착할 수 있었다. 루마니아의 부쿠레슈티에 도착한 성준은 다시 한 번 실망할 수밖에 없었다. 이곳도 아니었다.

결국 성준은 마지막 기대를 하고 인도를 향해 날아갔다.

마지막 5레벨 몬스터 홀은 인도 뭄바이에 있었다. 뭄바이는 인도에서 가장 큰 도시로 유명했다.

성준을 태운 전폭기는 오래지 않아 차트라파티 시바지 공항에 착륙했다. 무리한 비행을 한 전폭기는 결국 정비 없이는 더는 날 수 없는 상태가 되었다.

이 도시에 발생한 몬스터 홀은 도시를 가로지르는 미티 강변에 위치한 마함 자연공원에 발생했다. 그동안 인도의 1레벨 귀환자들이 몬스터 홀을 꾸준히 연장해서 이 도시에 사는 일반인들은 몬스터 홀에 대해 별로 관심을 두지 않았다.

하지만 며칠 전 외부 던전 사태 이후 모든 것이 바뀌었다. 5레벨 외부 던전은 그 크기와 위력이 다른 외부 던전과 달랐다. 성준은 헬기 밖으로 보이는 이 도시에 벌어진 참상에 얼굴을 찌푸릴 수밖에 없었다.

브라질과 루마니아의 도시에서 본 것처럼 이곳도 도시가 거의 파괴되어 버렸다. 사방에 반파, 완파된 고층 건물이 수백 채 이상 보였고, 한쪽에는 엄청나게 거대한 몬스터가 지나갔는지 지름 수십 미터 이상의 파괴 흔적이 쭉 이어진 곳도 있었다. 마치 도시 전체가 대규모의 폭격을 맞은 것 같았다.

헬기는 마함 자연공원에 도착했다. 몬스터 홀은 강변에 위치한 공원 전체를 완전히 집어삼킨 모양이었다. 비가 많이 오면 강물이 몬스터 홀 안에 쏟아져 들어갈 것 같았는데 그동안 어느 몬스터 홀도 물에 잠겼다는 말을 못 들은 것을 보면 어디인가 배출되는 곳이 있는 모양이었다.

성준은 헬기에서 아래쪽의 거대한 구멍을 내려다보았다. 그리고 감각으로 구멍 아래쪽의 문양을 확인했다.

문양은 검게 물들어 영기로 보이기 시작했다. 그 영기는 가운데로 몰려들어 하나의 맥동하는 검은 구슬이 보이고 있었다. 성준은 바로 알 수 있었다. 이곳이 심장이었다.

성준은 전화를 꺼내 들었다.

"찾았습니다. 인도입니다."

전화를 마친 후 성준은 바로 헬기에서 뛰어내렸다. 헬기 조종사가 뭐라고 소리를 쳤지만, 6레벨이 된 지금 단순히 낙하 속도를 줄이는 정도는 영기 소모가 별로 없었다. 성준은 가볍게 공원 옆의 도로에 내려설 수 있었다.

갑자기 하늘에서 떨어져 내린 사람을 보고 길에 있던 사람들은 놀라워했지만 잠시 뒤 그들은 그에게서 관심을 끊었다. 넘버 피플이 된 이들은 살아갈 기력을 잃은 모양이었다.

멀리 망가진 건물들 사이로 연기가 올라오고 있었다. 몽둥이를 들고 거리를 질주하는 사람들도 보였다. 넘버 피플이 되어 희망을 잃고 폭도가 된 사람들이었다. 그리고 그들 뒤로 군인들이 쫓아 움직이고 있었다.

성준은 고개를 흔들고 양손을 앞으로 내밀어 가디언들을 소환했다.

그의 주변으로 두 명의 여성과 한 소녀가 나타났다. 수리는 바로 성준을 확인하고 주위를 살피기 시작했고, 하은은 어리 둥절했지만 그를 발견하고 그에게 다가왔다. 하지만 주디는 아직도 풀이 죽은 모습이었다. 그녀의 수호룡이 아픈 상태이 기 때문이다.

"여기는 인도 같은데요?"

하은은 성준의 옆에서 주위를 둘러보며 말했다. 그녀의 말 에 성준은 고개를 끄덕였다.

"인도에서 제일 큰 도시인 뭄바이야."

"그런데 치안이 엉망인 것 같아요."

수리는 자신들을 향해 다가오는 사람들을 보고 말했다. 여 러 명의 남자가 각각 한 손에 칼과 몽둥이를 들고 성준과 그 의 가디언들에게 다가왔다. 폭도로 변한 그들은 갑자기 나타 난 아름다운 여성들에 욕심이 생긴 모양이었다.

그들의 모습을 보고 수리가 검을 소환하고, 하은이 손에서 스파크를 튀기자 남성들은 얼굴이 하얗게 변해 도망갔다. 그 들도 능력을 사용하는 귀환자들의 이야기를 들은 것이다.

그리고 얼마 뒤 도시 전체에 사이렌 소리가 들리고 도시 반 대편에서 군용 헬기들이 날아오기 시작했다. 성준의 이야기 를 미국에서 전해 들은 인도 정부의 군사 지원이었다.

*　　*　　*

성준의 전화에 뉴욕 공항에서 보람을 비롯한 귀환자들이 전용기편으로 인도로 출발했고, 서울 공항에 대기하고 있던 한국 귀환자 조합 사람들도 성준의 연락이 있자 특별기편으로 인도를 향하여 출발했다.

비행기는 14시간, 16시간 만에 뭄바이에 도착할 수 있었다. 뭄바이 공항은 거의 폐쇄 상태였는데 성준이 도착한 후에 급하게 인도 정부가 군인들을 투입해 정상화시켜 놓았다.

성준과 일행은 모두 반갑게 서로를 맞이했다.

뉴욕에서 날아온 귀환자들은 이틀 만에 보아서 별다를 바가 없었지만, 서울에서 온 귀환자들은 모두 얼굴이 힘들어 보였다. 특히 정 교관의 얼굴은 지친 기색이 역력했다. 그리고 보이지 않는 사람들도 많았다. 그동안 치렀던 전투의 여파였다.

성준은 모두에게 고생한 것에 대해 감사함을 표했고, 일행은 서로를 위로했다.

하지만 성준은 이들을 잠시도 쉬게 해줄 수가 없었다. 시간이 많지 않았다. 성준과 일행은 바로 몬스터 홀로 향했다.

이들은 넘버 피플의 남은 시간이 48시간이 되었을 때 몬스터 홀로 들어갔다.

*　　　*　　　*

하늘에는 구름이 흘러가고 있고, 그 아래에는 높은 성으로 둘러싸여 있는 도시가 보였다. 도시 밖에는 넓은 평야가 있었고, 그곳은 농사를 짓고 있는지 구역별로 식물이 자라고 있었다. 그리고 그 너머에는 숲이 끝없이 이어져 있었다.

성 밖에는 해자가 성 주변을 에워싸고 있었다. 해자는 외성 밖에서 도시 안을 가로지르는 강물을 끌어들여 물을 채운 상태였다. 해자는 상당히 넓어 폭이 20m가 넘어 보였다.

그리고 외성 안의 도시 가운데 원래는 내성이 있어야 할 자리에 거대한 기둥이 하나 보였다. 이 흰색 기둥은 가운데에 작은 열린 문처럼 보이는 구멍이 나 있을 뿐이다.

그래서 이 도시를 멀리서 보면 중세 도시 가운데 하얀 탑이 하늘을 향해 서 있는 것 같은 느낌이 들었다.

외성의 성벽 위에 한 명의 남성이 성벽 밖에 두 다리를 내놓고 걸터앉아 있었다.

그는 검은 머리를 산발한 상태로 중세 기사처럼 보이는 갑옷을 입고 있었는데 가끔 불어오는 바람에 드러난 얼굴은 상당히 호감형이었다. 하지만 그의 표정은 무척이나 지루했고 다리는 허공에서 이리저리 흔들리고 있었다.

잠시 뒤 성벽 위 통로로 한 명의 여성이 걸어왔다. 붉은 머리를 가진 아름다운 여성으로 긴 원피스와 망토를 걸치고 있고 한 손에는 긴 구슬이 박혀 있는 지팡이를 들고 있었다.

그 여성은 성벽 위에 앉아 있는 남성을 보고 한숨을 내쉬었다.

"주인님, 또 멍하니 있으시네요."

남성은 자신에게 다가온 여성을 보고 미소를 지었다.

"할 일이 있어야지. 그냥 시간 보내기야."

그리고 그는 그녀의 말을 정정했다.

"나도 80년 전부터는 가디언이야. 아무리 제어를 많이 벗어났다고 해도 가디언으로서의 정체성을 벗어날 수가 없어."

"그래도 주인님은 언제나 저의 주인님이에요."

그는 그녀의 말에 한숨을 내쉬었다. 80년 전 자신의 별을 구해내고 악마들의 가디언이 된 뒤로 그와 그녀 간의 한결같은 대화 내용이다.

그는 이것도 반복되는 가디언의 저주가 아닐까 고민스러울 지경이었다.

"그래도 슬슬 시간이 되었지?"

그의 말에 여성은 고개를 끄덕였다.

"네, 주인님의 친구 분이던 성자님이 예언한 시간이 정확하다면 며칠 안에 만나게 될 거예요."

"그 녀석의 예언은 맞힐 때는 날짜 단위까지 맞으니 이번에도 맞겠지. 예언 자체가 제 맘대로 발생해서 그렇지 예언 자체는 잘 맞는 편이잖아?"

그녀는 그의 말에 동의했다.

"그거야 그렇지요. 하지만 예언 하나 믿고 가디언까지 되는 것은 정말 무식한 방법이었어요."

"별수 없잖아. 예언에 악마들을 상대할 주인공이 내가 아니라는데. 그래도 우리 별을 구했으니 영웅 노릇은 충분히 한 걸."

"그거야 그렇지만요."

아직도 불만이 많은지 여성은 투덜거렸다.

그리고 그때 그들의 감각에 던전 안으로 사람들이 들어서는 것이 느껴졌다.

"왔다!"

"왔네요."

그는 미소를 띠고 성벽 위에서 일어났다. 지루하던 그의 표정이 살아나기 시작하고 몸에서 활력이 피어났다.

"그럼 가디언으로서 어쩔 수 없이 침입자를 제거해야겠지?"

그의 말에 그녀는 어이가 없었다.

"핑계잖아요! 오래간만에 싸울 일 생겨서 신이 난 게 분명한데요."

"아냐, 야냐. 이건 던전의 귀환 지역 가디언으로서의 본능

이야."

그는 검을 높이 들고 외쳤다.

"적이 침입했다! 모두 전투 상태로 전환한다!"

성벽 위에 창날이 솟구치기 시작했다. 멍하니 있던 가디언들이 모두 눈이 번쩍이며 창을 들어 올린 것이다. 성문이 열리고 도개교가 내려갔다. 성안의 말과 비슷한 동물을 타고 있는 가디언들이 창과 방패를 들고 진군 준비를 시작했다.

그 모습을 보던 성벽 위의 남성은 환한 표정으로 성벽을 뛰어내렸다.

"정말 제대로 싸울 생각이네. 다 죽어버리면 어떻게 하나."

남자의 표정을 성벽 위에서 어이없다는 표정으로 바라보던 여성은 한숨을 푹 내쉬었다.

자신의 생명을 건 협상으로 자신의 별에서 악마들을 몰아낸 위대한 영웅은 가디언이 되어 자신의 가디언과 함께 80년 전부터 약속된 상대를 맞이하기 위해 준비를 시작했다.

제4장
봉인 II

성준은 눈앞의 광경을 바라보았다. 항상 보던 시작 지점이다. 학교 체육관 정도의 반원형 동굴이었고, 바닥에는 원형의 문양이 빛나고 있었다.

성준은 이번에는 같이 들어온 동료의 모습을 보았다.

성준의 옆에는 수리가 자신의 장비를 확인하고 있고, 하은은 친구인 혜라, 다희와 이야기하고 있었다.

미영은 호영과 팔짱을 끼고 주위를 둘러보고 있고, 마리아는 안쓰러운 눈으로 재식의 잘린 팔을 쓰다듬고 있었다.

정 교관은 주위를 확인하고 있고, 그 옆에는 울적한 표정의 주디가 서 있었다.

그리고 세 명, 아니, 두 명의 여고생은 장비를 정비하고 있었다. 미리와 가람이다.

그 옆으로 물건을 쏟아내고 있는 주희와 그 모습을 흐뭇하게 바라보고 있는 산드라, 그리고 신기한 듯이 주위를 살피는 호무아와 조금은 긴장한 야키의 모습이 보인다.

한쪽에서는 이야기를 나누는 베르거 교수와 빈센트의 모습도 보이고, 장비를 정비하는 다른 귀환자들의 모습도 보였다.

총인원 39명. 이곳에 들어온 인원이다. 한국 귀환자 협회의 거의 모든 인원이고, 세계 귀환자 중 가장 강한 팀이다.

성준은 주위를 살폈다. 다들 지구의 외부 던전과 외계 행성에서 전투를 벌여 성장치가 상승한 사람이 거의 없었다. 다만 지구에서 전투한 사람들은 코어 던전에 들어갔다가 나와서 그런지 조금씩 올랐고 정 교관만 레벨 업을 한 상태였다.

하지만 성장치가 100까지 얼마 안 남은 사람이 많아 이 던전에서 100을 채울 사람들이 나올 것 같았다.

성준은 베르거 교수와 빈센트도 이곳으로 불러들였다. 몬스터 홀을 제어하는 중심 던전이라고는 하지만 어떤 방식일지 확실히 알 수 없기 때문이었다. 그래서 자신이 가지고 있는 모든 수를 동원한 것이다. 자신들이 해결할 수 있는 방식이기를 바랄 따름이었다.

비행기 여행으로 힘들 수도 있을 텐데 다행히 일행은 괜찮아 보였다. 역시 귀환자들의 체력이었다.

성준은 정비를 마친 사람들을 모아 이야기를 시작했다.

"생각 같아서는 이곳에서 좀 쉬었다가 움직이고 싶지만, 시간이 얼마 없다는 것을 모두 알고 있을 겁니다. 주희가 꺼낸 장비 중 개인 장비들을 챙기고 바로 출발하겠습니다."

성준이 말을 마치자 모두 장비를 챙기며 움직이기 시작했다. 성준은 그동안 계속 정찰을 맡아 움직이던 이속 증가 능력자인 우진에게 눈짓으로 부탁했다.

우진은 번개같이 한쪽에 나 있는 동굴을 향해 달려나갔다. 그리고 나머지 일행은 그를 따라 동굴로 움직이기 시작했다.

이 동굴도 전처럼 조금은 위로 올라가는 식으로 길이 나 있었다.

성준은 동굴을 걸어가며 옆에서 걸어가는 주디를 바라보았다. 주디는 우울한 표정으로 가슴 안을 바라보며 걸어가고 있었다. 가슴 안에는 한쪽 날개가 없는 그녀의 수호룡이 아주 작게 변해서 거칠게 숨을 쉬고 있었다.

성준의 감각에 전보다 영기가 거칠어진 것이 상태가 안 좋아진 것 같았다.

수호룡이 부상을 당한 후 하은이 치료하려고 노력하고 있었다. 하지만 부상 자체는 치료되었지만, 날개가 수복되지 않았다. 그러면 그 상태로 다시 건강해져야 할 텐데 수호룡의 몸 상태는 점점 나빠지고 있었다.

주디는 수호룡의 정체성 문제라고 했다. 수호룡의 날개는 수호룡을 상징하는 것으로 없어지면 존재가 부정되는 것과 같다고 했다.

성준은 다시 앞을 바라보았다. 이 던전 내에서 어떻게 하든지 저 수호룡을 고쳐 주어야 할 것 같았다. 성준은 몇 가지 방법을 가지고 저울질해 보았다.

성준은 몸에 느껴지는 공기에 걱정되기 시작했다. 동굴이 올라가면서 공기가 점점 차가워진 것이다. 성준은 전처럼 엄청나게 추운 지역이 아닐까 걱정되기 시작했다. 더군다나 우진이 돌아오지 않자 그는 고개를 갸우뚱했다. 영기는 분명히 느껴져서 그의 신상에 대한 걱정은 되지 않았지만, 그는 앞쪽에 멈추어 서 있었다.

일행이 잠시 걸어가자 동굴의 끝에 도착했다. 그곳에는 우진이 멍하니 밖을 바라보고 있었다. 그리고 성준과 나머지 일행도 우진의 옆에서 동굴 밖을 내다보며 입을 벌렸다.

밖은 온통 하얗게 보였다. 그리고 날씨도 몹시 추웠다. 하지만 그들이 보는 시야 끝에는 녹색의 넓은 평야도 보였다.

하지만 문제는 그 평야가 너무 먼 거리라는 것이었다. 평야와 그들 사이에 구름이 흘러가고 있었다.

이곳은 높은 산의 거의 정상 부분이었다. 거대한 산맥 일부분인지 옆으로는 길게 산맥이 이어져 있었다. 눈앞에 아래쪽으로 눈 덮인 경사가 계속 이어져서 멀리 지평선쯤에 녹색의 평야가 펼쳐졌다.

"대충 고도가 얼마나 될 것 같아?"

성준은 멍하니 아래를 내려다보며 말했다.

"한 6천 미터는 넘을 것 같은데요?"

대답하는 하은도 보며 어이가 없는 표정이다. 다들 얼굴에 서리가 얼어붙고 있었다. 고도가 높아 추위가 심한 것이다.

뒤에서 주희가 급하게 월동 장비를 꺼내고 있었다. 주희의 영기 공간에서 가방이 쏟아져 나왔다.

"걸어서 내려가면 한세월이겠지?"

성준의 말에 주위에 있는 사람 모두가 고개를 끄덕였다. 천천히 내려가면 추위도 문제겠지만 시간이 부족했다. 아마 밑에 도착하기 전에 넘버 피플들의 시간이 지날 것이다.

일행은 모두 옷 위에 주희가 꺼내준 두꺼운 겨울옷을 입었다. 전에 던전에서의 추위 덕에 주희의 영기 공간 안에는 겨울옷을 항상 준비해 두고 있었다.

성준은 주위 산을 둘러보곤 고개를 저었다. 다른 방법이 없었다.

"호영 씨, 뗏목을 만들어줘요. 타고 갑시다."

성준의 말뜻을 모르는 사람들은 이 말에 어리둥절했다. 그리고 다른 사람들은 이해했지만, 성준과 같이 폭포를 경험한 사람들은 얼굴빛이 나빠졌다.

"아, 그냥 걸어가고 싶다."

"나도 속이 안 좋다."

혜라는 한탄했고 다희는 토할 것처럼 보였다.

하지만 시간이 없는 것을 아는 호영은 바로 나무를 만들어냈고, 일행은 달려들어 기다란 뗏목을 만들었다. 40명이 타고가야 하니 작은 뗏목으로는 어림도 없었다.

처음 뗏목을 타게 된 사람들은 정말 걱정스러운 표정이었다. 그리고 전에 뗏목을 타던 사람들도 조금 걱정이 되는 모양이다. 험한 산의 눈길을 거대한 뗏목을 타고 움직인다니 걱정될 만했다.

성준은 일행을 모두 뗏목에 태우고 밧줄로 몸을 묶게 했다. 자신은 뗏목 뒤에 앉아 뗏목에 한 손을 올렸고, 보람은 가운데 앉아 밧줄을 몸에 묶었다.

성준이 허공을 후려치자 뗏목은 아래로 미끄러져 내려가기 시작했다.

콰콰콰!

뗏목이 점점 속도가 빨려지자 사람들의 얼굴이 점점 하얗게 변해갔다. 아무 조종도 하지 않는 뗏목의 움직임은 모두의 피를 마르게 하였다. 가만히 있던 보람이 손을 들어 전면을 가리켰다.

츄아아악!

보람의 손에 따라 아무것도 없는 눈에 길이 만들어지기 시작했다. 뗏목의 폭만 한 눈길이 아무것도 없는 눈 산에 그어졌다. 눈길의 양옆은 낮은 벽이 만들어지고 바닥은 좀 더 평평해졌다. 전방에 바위가 튀어나와 있으면 눈길은 바위 옆으로 휘어져 만들어졌고, 움푹 파인 지형이 있으면 주변의 눈이 몰려들어 평평하게 만들었다.

일행은 마치 거대한 봅슬레이를 타고 눈 터널을 지나가는 것 같았다.

"으윽! 대단하기는 한데, 정말 아찔하다."

헤라가 하늘을 쳐다보며 말했으나 다희는 대답도 하지 못했다. 그녀는 뗏목 바닥만 내려다보고 있었다. 그녀는 토하기 일보 직전이었다.

일행은 다들 얼굴빛이 안 좋았는데 호무아만 신이 나 있었다. 그는 자신이 꿈꾸던 모험의 세계가 펼쳐지고 있는 것 같았다. 다만 옆에 있는 야키는 반쯤 기절해 버렸다.

한참 신나 있던 호무아는 궁금한 것이 생겼는지 다른 사람들에게 크게 소리쳤다. 뗏목 속도가 너무나 빨라 바람 소리에 말이 잘 안 들렸기 때문이다.

"정말 끝내주는데요! 근데 절벽을 만나면 어떻게 해요?"

사람들은 모두 호무아를 바라보았다. 호무아의 손이 전방을 가리키고 있었다. 그리고 뗏목의 앞에는 길이 끊겨 있었다.

뗏목을 처음 타본 사람들은 놀라서 눈이 둥그레졌고, 전에 경험한 사람들은 성준을 돌아보았다. 성준은 이미 자세를 잡고 있었다.

"난 평범하게 스키를 타고 싶어."

헤라가 포기한 얼굴로 넋두리하듯 말했다.

뗏목은 절벽을 날았다. 많은 사람이 넋이 나가 버렸을 때 성준은 밧줄을 잡고 뗏목 밑으로 뛰어내렸다. 그는 허공을 박차 뗏목 밑의 중앙에 자리를 잡고 뗏목을 받쳤다.

그리고 자신의 영기를 뗏목과 뗏목 위의 사람들과 동화했다. 그가 부드럽게 발을 박차자 뗏목이 허공을 미끄러지기 시작했다.

성준은 레벨이 오르자 전에 적은 인원 타고 있을 때도 감당하지 못한 뗏목의 두 배가 넘는 인원에도 충분히 감당할 수 있는 것을 느끼고는 만족스러웠다.

'그래도 좀 무게가 나가는 것 같은데. 착지가 좀 불안하겠어.'

그렇게 생각하던 성준은 곧 뗏목의 무게가 줄어든 것이 느껴졌다. 그가 시선을 돌리자 뒤에서 수리가 두 손으로 뗏목을 받쳐 들고 날고 있었다. 성준과 수리는 서로 보고 미소 지었다.

"내가 이래서 비행 능력은 반드시 배워야 한다니까."

하은이 뗏목 위에서 투덜거렸지만 다들 그녀의 말에 호응하지 않았다. 전부 그동안의 긴장으로 탈진해 버린 것이다.

뗏목은 마치 낙하산을 타고 내려오는 것처럼 부드럽게 아래로 떨어져 내렸다. 뗏목의 뒤쪽으로는 수직으로 뻗어 있는 천 미터가 넘는 바위 빙벽이었다.

앞에는 저 멀리 넓은 숲과 평야가 펼쳐져 있었다. 아직도 한참을 내려가야 할 것 같았지만, 끝도 없이 펼쳐진 자연의 모습에 이곳이 얼마나 넓은지 알 수 있을 것 같았다.

한참을 떨어져 내린 뗏목은 다시 눈 위에 착지했고, 다시금 일행은 보람의 고속 운전을 경험하게 되었다. 보람은 마치 브레이크 없는 차를 모는 김 여사처럼 보였고, 일행은 모두 겁에 질렸다.

그렇게 하여 그들은 말도 안 되는 시간에 6천 미터 이상의 산 위에서 내려올 수 있게 되었다.

산 아래는 그야말로 숲과 초원으로 이루어진 아름다운 자연 경관이 펼쳐져 있었다. 앞쪽으로는 산에서 내려온 눈이 녹아 만들어진 호수가 보였고, 그 주위를 높은 침엽수가 감싸 안았다. 숲 옆으로는 넓은 초원이 보였다.

하지만 사람들 대부분은 한참 동안 자연을 확인할 상황이 아니었다. 몇몇 사람은 구석에 엎드려 토하고 있었고, 뗏목에서 빠져나와 땅바닥에 입을 맞추는 사람도 보였다.

"미안해요. 조금 거칠었죠?"

보람은 조금 미안한 표정으로 사람들을 바라보았다.

사람들은 보람이 무서워 설설 피했다. 그들은 앞으로 절대 보람이 운전하는 차는 타지 않을 것이다.

일행은 잠시 뒤 정신을 차렸다. 주변의 지리를 확인한 성준은 일행을 뗏목에서 내리게 할 수밖에 없었다. 옆으로 호수와 그곳에서 이어진 강물이 보였지만 방향이 달라 보였다.

일행은 다시 한 번 장비를 정비했다. 두꺼운 옷은 모두 주희의 영기 공간에 넣고 전투 장비를 착용했다. 베르거 교수나 빈센트도 방해되지 않으려고 방검복을 입고 몸을 풀었다.

성준은 사람들을 둘러보고 모두 준비된 것을 확인했다.

"이제 던전의 중심을 향해 달릴 것입니다. 달리다가 체력이 부족한 분들은 바로 말해 주시기 바랍니다. 육체 능력자나 레벨이 높은 분들이 도와줄 겁니다. 그리고 주위에 몬스터가 나타나도 무시하십시오. 그들은 우리를 보지 못합니다."

성준은 이야기를 마치고 야키에게 등을 내밀었다. 야키는 조금 부끄러워하며 성준의 등에 업혔다. 그리고 그녀는 결계 능력을 발휘했다.

일행 주변으로 반투명한 원형의 막이 생겨났다. 그 막은 주위와 일행을 분리했고, 주변의 생물들 시야에서 일행은 사라졌다.

성준과 일행은 던전의 중심을 향해 바람처럼 달려갔다. 주변에 몬스터들과 영기 짐승들이 있었지만, 그 어떤 생물도 일행을 알아차리지 못했다.

성준과 일행은 길을 달려나갔다. 성준은 상당히 긴장한 상태였다. 주변에서 달리는 사람들은 알 수 없었지만, 숲 속에는 엄청난 영기가 곳곳에 똬리를 틀고 있었다.

역시 5레벨 던전이었다. 성준이 느끼기로 3레벨 엘리트 이상 되는 몬스터들이 숲 속의 한 부분들을 차지하고 있었다.

다행히 야키의 결계 능력 덕분에 발각되지 않았지만 성준도 영기들의 사이의 틈을 찾아 이동하느라 힘들었다.

일행의 질주는 네 시간 정도 지나자 끝이 났다. 달리는 사람도 힘들었지만 흔들리는 성준의 등 뒤에서 능력을 사용하는 야키의 피로가 극심했다. 결국 탈진한 야키가 더는 능력을 사용할 수 없게 되자 성준은 잠시 쉴 곳을 찾기로 했다.

지금 이곳은 쉬기에 적합하지 않았기 때문이다.

성준은 주위를 둘러보았다. 야키가 능력 사용을 멈추자 바로 주위에서 영기들이 밀려오기 시작했다. 작은 영기, 큰 영기 가릴 것 없이 일행을 향해 달려오고 있었다. 성준은 주위를 둘러보다 정면에서 조금 오른쪽을 바라보았다. 그곳은 큰 영역이 비어 있었다. 그곳에서 쉬면 될 것 같았다.

"3시 방향으로 10분 정도 달리면 됩니다. 그동안 몬스터들이 공격해 올 테니 방어에 치중해 주세요. 다시 달립니다."

성준의 말에 모두 전투 진형을 갖추기 시작했다. 이번에는 성준을 중심으로 쐐기 진형이었다. 일행이 달려나가자 주위에서 몬스터들이 밀려들었다.

높은 레벨의 던전이라서 그런지 덤벼드는 몬스터의 수준이 상당히 높았다. 일반 몬스터는 모두 2레벨 몬스터들이었고, 2레벨 엘리트 몬스터가 중간에 껴 있었다. 2m 이상의 검은 표범들이 주위를 뛰어다니고 있고, 5m 이상의 거대한 외눈 거인들이 나무를 꺾으며 일행을 향해 달려들었다.

하지만 성준의 일행도 달라졌다. 야키를 업고 있는 성준은 직접 돕지는 못했지만 다른 일행의 능력도 만만치 않았다.

일행을 뒤덮는 재식의 방패 능력이 바로 발휘되었고, 일행의 쇠뇌가 사방을 휩쓸었다. 빈센트의 능력으로 강화된 쇠뇌와 활은 2레벨 능력자들의 공격마저 위력적으로 변하게 하였다.

일행이 달려나가는 주변에는 폭발음과 함께 나무가 터져 나가고 몬스터들은 영기가 되어 흩어졌다. 몬스터들은 갑작스러운 공격을 피하려고 몸을 날렸지만, 자신들이 밟고 서 있는 나무들이 가지를 휘어 몸을 휘감아 버리고 땅에 내려와도 땅이 파여 꼬꾸라지는 바람에 일행의 공격을 피할 수가 없었다.

그렇게 학살당하는 일반 몬스터들 뒤로 외눈박이 거인들이 들이닥쳤다. 하지만 엘리트 몬스터들은 자신들을 향해 날아드는 얼음 창을 보고는 양팔로 얼굴을 가리고 말았고, 팔위로 터져 나가는 얼음 창들로 인해 뒤로 밀리고 말았다.

그리고 그 엘리트 몬스터들은 손을 내리기 전 목에 박혀드는, 가늘게 진동하는 검을 느낄 수 있었다.

수리는 그 짧은 시간 동안 세 마리의 외눈 거인 목에 검을 박아 넣을 수 있었다. 하지만 아직도 네 마리 이상 남아 있었다. 정말 이 숲은 고레벨 몬스터가 우글거리고 있었다.

다행스럽게도 재식의 방패 능력은 2레벨 엘리트의 파괴력을 막아낼 수 있었다. 반투명한 막을 내려치던 몬스터들은 귀환자들의 공격에 태반이 쓰러지고, 결국 일행이 숲에서 나와 넓은 공터에 이르자 뒤로 물러났다.

공터는 숲 가운데 넓게 펼쳐져 있었다. 낮은 풀밭과 이곳저곳에 흩어져 있는 바위, 그리고 가운데에는 작은 바위산이 있었다.

"많이 본 상황인데요?"

하은이 숲 가운데 나 있는 공터를 보고 말했다. 성준은 그녀의 말에 고개를 끄덕였다.

"고레벨 엘리트 몬스터의 영역이지."

그는 업고 있는 야키를 잠시 내려놓았다. 야키는 미안한 얼굴로 땅에 내려섰다. 성준은 검을 꺼내 들고 몸을 풀었다.

그때 성준의 정면에 있는 바위산이 들썩거리기 시작했다. 그리고 그 바위산이 몸을 일으켰다. 성준은 눈앞의 몬스터의 정보를 확인했다.

―A.12 행성 3번 실험체 각성 버전.

―3등급.

―각성 성공, 숲 지형과 암벽 지형에 정착 테스트.

―특이 능력 각성: 피부 강화, 영기 석화, 암석 포탄.

―강점: 단단한 피부, 강한 타격, 장거리 공격.

―단점: 움직임이 느림.

―혼란, 분노.

3레벨 엘리트 몬스터였다. 성준은 일행을 둘러보았다. 모두 지쳐 보였다. 4시간을 달리고 또 몬스터를 상대했으니 지칠 만도 했다. 그는 일행에게 말했다.

"3등급 엘리트 몬스터입니다. 제가 상대하겠습니다."

성준은 출발하기에 앞서 하은에게 말했다.

"준비하고 있어. 부를 테니까."

"네?"

어리둥절해하는 하은을 뒤로하고 성준은 앞으로 달려나갔다.

바위산은 결국 10m가 넘는 돌 인간이 되었다. 엄청난 크기였다.

성준은 돌 거인의 상체를 향해 날아올랐다.

"와! 골렘이다, 골렘!"

"골렘은 또 뭐냐. 알아들을 수 있는 소리를 좀 해라."

다희는 눈앞에 나타난 거대한 돌 거인을 보고 환호했다. 그리고 혜라는 또 못 알아듣는 소리를 하는 다희를 보고 한숨을 내쉬었다.

둘은 바닥에 앉아 성준과 돌 거인의 전투를 보며 수다를 떨었다. 주위를 경계하고 있던 2레벨 귀환자들은 그녀들을 보고 어이없어했지만 성준과 같이 다닌 귀환자들은 땀을 닦으

며 한숨 돌렸다. 물론 그녀들처럼 앉아 수다를 늘어놓을 생각
은 없었다.

"아, 몬스터가 불쌍해."

헤라가 정면을 보면서 내뱉은 말은 모두가 인정하는 바였
다.

쾅!

돌 거인의 거대한 한쪽 팔이 산산이 부서져 사방으로 날려
갔다. 성준의 검에서 영기가 터져 나와 돌 거인의 팔을 부숴
버린 것이다. 돌 거인은 이에 굴하지 않고 다른 팔로 성준의
몸을 잡아채려고 했다.

서걱!

성준을 잡으려고 손을 활짝 펴고 내려치던 손이 반이나 잘
려나갔다. 몬스터의 피부 강화는 성준의 공격을 전혀 막아내
지 못했다.

성준은 반쯤 잘려 나가 눈앞을 지나가는 몬스터의 손을 보
고 발을 허공에 박차 몬스터의 얼굴로 날아갔다. 그리고 주먹
으로 몬스터를 후려쳤다.

쾅!

몬스터는 굉음을 내며 뒤로 튕겨 나가 쭉 밀리더니 공터 밖
의 나무를 쓰러뜨리고 멈추었다.

"쿠아아앙!"

돌 거인은 괴성을 지르며 잘려나간 손을 사용해 몸을 일으켰다. 양팔에서 사방으로 피가 튀었다. 하지만 돌 거인은 아직 투지를 잃지 않은 모양이었다. 그는 성준이 멀리 있는 것을 보더니 성준을 향해 입을 벌렸다.

그러자 돌 거인의 입에서 볼링공보다 더 큰 돌덩어리들이 성준을 향해 쏟아졌다. 그 돌덩어리의 속도는 화살보다 빨라 포탄이 날아오는 것처럼 보였다. 거기다 돌덩어리들은 빛을 뿌리고 날아오는 것이 능력이 담긴 것처럼 보였다.

문제는 이 돌덩어리들이 성준을 전혀 맞추지 못한다는 것이었다. 성준을 스쳐 지나간 돌덩어리들은 숲을 초토화하기 시작했다.

성준은 마치 돌덩어리들에 밀려나듯 돌덩어리 사이를 미끄러지듯 지나가 돌 거인의 앞에 도착했다.

돌 거인이 발작하듯 휘두르는 다른 쪽 팔도 폭파해 버린 성준은 고통으로 무릎 꿇은 몬스터의 머리 위로 올라갔다.

그리고 검을 몬스터의 머리에 깊게 꽂아 넣었다. 검은 돌로 이루어진 머리의 피부와 그 아래의 두개골을 뚫고 깊게 박혀 버렸다.

검에서 손을 뗀 성준은 하은을 소환했다. 성준의 앞에 나타나 어리둥절해 하는 하은을 보고 성준이 말했다.

"검을 잡고 전기 능력을 퍼부어."

강하게 말하는 성준의 말에 어리둥절해 하던 하은은 검을 잡고 전기 능력을 퍼붓기 시작했다.

성준은 그 모습을 보고 조금 씁쓸했다. 자신이 강하게 이야기하니 가디언의 명령 체계가 움직인 모양이다. 자신도 모르게 움직이는 하은의 모습에 성준은 자신의 가디언들에게 좀 더 잘해야겠다고 다시 한 번 생각했다.

잠시 뒤 돌 거인은 쓰러졌고, 영기는 성준과 하은에게 쏟아졌다. 성준은 레벨 차로 인해 거의 효과가 없었지만 하은은 성장치가 100이 되었다.

성준은 쓰러진 돌 거인이 사라지자 구슬을 집어 들고 뒤를 돌아 일행에게 말했다.

"오늘은 이곳에서 쉬겠습니다. 내일도 고된 하루가 될 테니 충분히 쉬기 바랍니다."

벌써 던전은 어두워지고 있었다.

일행은 캠핑 준비를 시작했다. 야키는 기절하듯 쓰러져 잠들어 있었다. 야키가 체력을 회복해야 다시 움직일 수 있을 것 같았다. 그동안 다른 사람들도 몸을 회복해야 했다.

호영의 능력으로 목책이 만들어지기 시작했고, 산드라가 목책 앞에 땅을 파고 보람이 물을 채워 해자를 완성했다. 저녁 식사를 준비하는 동안 요새가 완성되었다.

그리고 식사를 하는 동안 성준이 일행에게 이야기했다.

"앞으로의 전투를 위해 하은의 성장치를 강제로 올려 레벨 업 준비를 했습니다. 지금 하은에게 구슬을 지급하겠습니다. 양해 부탁합니다."

좀 전에 하은을 불러 몬스터를 잡게 한 것에 대해 궁금하던 사람들은 그제야 이해를 했다. 모두 치료 능력자의 중요함을 인지하고 있었다. 치료 능력자는 능력이 강하면 강할수록 좋았다.

"야키의 별에서 얻은 광선 능력하고 방금 얻은 영기석화가 있는데 어떤 걸로 할래?"

성준의 레벨 업 이야기에 기뻐하던 하은은 바로 침울해졌다. 비행 능력이 없는 것이다. 하지만 대안이 없는 그녀는 영기로 돌멩이를 만드는 것보다 광선 능력이 좋아 보여서 광선 능력으로 선택했다. 그리고 그녀는 고통을 이겨내고 4레벨이 되었다.

하은이 4레벨이 되자 성준은 주디의 수호룡 이야기를 했다. 하은은 눈을 감고 자신의 능력을 확인했다. 가능할 것 같았다.

"될 것 같아요."

그녀는 성준을 향해 고개를 끄덕였다. 성준은 주디를 불렀다.

"수호룡을 꺼내봐."

주디는 성준의 말에 성준이 하은을 레벨 업 시켜준 이유를 알아차렸다. 그녀는 조심스럽게 자신의 수호룡을 가슴 속에서 꺼냈다.

하은은 주디의 손에 있는 수호룡에 손을 올리고 자신의 모든 능력을 사용했다.

하은의 몸에서 빛이 뿜어져 나오기 시작했다. 빛은 위로 솟구쳤고, 작은 수호룡의 몸에서도 빛이 뿜어져 나왔다. 그리고 수호룡의 몸에서 날개가 자라나기 시작했다.

그리고 잠시 뒤 빛은 사라졌고, 수호룡의 날개는 다 자라나 있었다. 하은이 정신 방어 능력도 같이 불어넣었는지 수호룡은 바로 정신을 차리고 주디의 주위를 날아다녔다.

주디는 눈물을 흘리며 하은의 손을 잡았다.

"고마워요, 언니."

"감사는 오빠한테 해야지."

하은의 말에 주디는 고개를 끄덕이고 성준을 와락 껴안았다.

"고마워요, 주인님!"

조금 떨어진 곳에서 정 교관은 그 모습을 미소를 지으며 바라보고 있었다.

"좋다고 따라다니던 애가 다른 사람에게 매달렸는데 아빠

미소라니!'

헤라가 그 모습을 보고 어이없어했다.

"생긴 것은 정말 애잖아. 아빠 기분이 들 수도 있지."

다희는 당연하다는 듯이 고개를 끄덕였다.

"안 되겠어. 저래서는 평생 혼자 살 게 분명해."

헤라는 계속 구시렁거렸고, 그런 헤라의 모습에 다희는 피식 웃었다. 친구에게 봄이 오는 것 같았다.

갑자기 커다란 빛이 뿜어져 나오자 주위의 몬스터들이 성준이 있는 곳으로 조금씩 움직이기 시작했다. 고레벨 몬스터의 영역에 침범할 만큼 호기심이 생긴 모양이었다.

성준은 영기의 움직임에 눈살을 찌푸렸다. 편히 쉬기가 쉽지 않았다.

"캬캬캬!"

"쿠룩!"

주변에서 몬스터들의 소리가 들려오기 시작했다. 모두 긴장해서 무기를 들었다.

그때 주디의 어깨에 앉아 주디와 얼굴을 비비던 수호룡이 고개를 들었다. 수호룡은 날개를 펼치고 날아올랐다. 일행이 있는 곳의 상공으로 올라간 수호룡은 거대하게 변하더니 주변을 향해 포효했다.

"콰라라라라!"

그 소리에 슬금슬금 다가오던 몬스터들이 썰물처럼 빠져 나갔다. 수호룡이 이곳이 자신의 영역임을 선포한 것이다.

잠시 뒤 일행은 수호룡을 불침번으로 세우고 편히 잠들 수 있었다.

다음 날, 던전이 환하게 밝아왔다. 다행히 야키는 체력을 회복한 것 같았다. 모두 안도하고 빠르게 식사를 했다.

그때 마리아가 하은에게 슬그머니 다가왔다.

"하은 양, 레벨이 올라서 치료 능력이 오른 것 맞죠?"

하은은 갑자기 묻는 마리아의 말에 고개를 끄덕였다. 하은이 주디의 수호룡을 치료하는 것을 보고 묻는 것 같았다.

"네, 확실히 전보다 쉬워진 것 같아요. 주디의 수호룡을 치료한 것을 봐도 그렇고요. 보기에 작아서 그렇지 실제 크기는 엄청나게 크니까요."

마리아의 얼굴이 밝아졌다. 그녀는 하은에게 더 가까이 다가오며 물었다.

"혹시 그럼 재식 씨 치료도 가능하지 않을까요?"

그녀의 말에 하은의 표정이 어두워졌다.

"아직 그것까지는 안 되는 것 같아요. 수호룡은 어쨌거나 몬스터니까요. 육체의 영기화가 많이 되어 있을수록 파괴된 부분의 수복이 많이 돼요. 수리 언니는 1레벨 때도 되었지만 오빠는 5레벨이 되어서야 팔이 수복되었으니까요."

실망한 마리아가 감사하다고 인사하고 자신의 자리로 돌아갔다. 그녀의 입에서 5레벨, 5레벨 하고 중얼거리는 소리가 들렸다.

"잘 되어가는 것 같아?"

어느새 하은의 옆으로 혜라와 다희가 다가왔다. 그들의 눈은 궁금함으로 반짝거리고 있었다. 혜라의 물음에 하은은 고개를 끄덕였다.

"응, 마리아 씨가 재식 씨에 대해 걱정이 많은 것 같아."

그들은 자신의 자리로 돌아간 마리아를 바라보았다. 그녀는 재식의 옆에 앉아서 재식의 식사를 도와주고 있었다. 하은은 자신의 능력이 강해져서 재식이 4레벨이 되면 회복시킬 수 있을 것 같았지만 4레벨이 되면 재식에게 우선 물어보기로 했다.

재식이 거절할 수도 있을 것 같았다.

첫 불침번을 선 수호룡은 주디의 어깨에 앉아 잠들어 있었다. 그리고 주디는 오랜만에 밝은 표정으로 움직이고 있었다. 항상 정 교관 옆에서 움직이던 주디가 지금은 수리, 하은과 같이 움직이고 있었다. 물론 수리와 하은은 성준의 옆에 있었다.

성준은 시선을 돌려 이 던전의 중심을 바라보았다. 아무래도 다른 방법이 필요했다. 이런 식이면 도저히 제시간 안에 도착할 수 없을 것 같았다.

던전이 너무나 컸다. 처음 도착했을 때 6,000m가 넘는 산을 보고 느꼈지만, 이 던전은 마치 하나의 세상처럼 느껴졌다.

성준은 주위를 둘러보겠다고 수리에게 이야기하고 바닥을 박찼다. 성준은 위로 치솟기 시작했다. 다행히 하늘에 시선을 가리는 구름은 보이지 않았다.

성준은 위로, 그리고 또 위로 올라갔다. 허공을 박차는 성준의 발아래로 충격파가 퍼져 나갔다.

잠시 뒤 성준은 처음 자신들이 출발한 그 산맥의 정상인 6,000m 정도를 올라온 것 같이 느껴졌다. 성준은 멀리 던전의 중심을 바라보았다. 혹시나 이 근처를 출발해서 중앙을 지나가는 강물이 없을까 해서였다. 하지만 이곳에서는 던전의 중앙은 시야 자체가 닿지 않았다. 그리고 던전 중앙으로 향하는 강도 보이지 않았다.

처음 성준은 자신과 가디언들만 가는 방법도 생각해 보았다. 하지만 너무나 위험한 일이었다. 던전 중심에 무엇이 있는지 알지 못하는 지금 여기서 더 적은 인원으로 움직이는 것은 무리였다.

성준이 전보다 강해지기는 했지만 성준의 능력은 개인전에 치중된 능력이다. 많은 인원과의 싸움에는 보람과 마리아의 조합이나 하은과 사만다의 조합보다 떨어질 수도 있었다.

성준은 아래로 낙하하면서 고민하기 시작했다. 천천히 돌면서 떨어져 내리던 성준은 멀리 자신들이 뗏목으로 내려온 산맥을 볼 수 있었다. 산맥의 한쪽 절벽이 수직으로 솟아 있었다.

성준은 절벽을 바라보다 손을 들어 아래를 향해 살짝 후려쳤다. 산들바람이 나오듯이 약한 힘이다. 하지만 공중으로 떠올랐다. 성준의 뇌리로 생각 하나가 스쳤다. 방법이 있을 것 같았다. 성준은 능력을 비활성화하고 아래로 떨어졌다.

밑으로 내려온 성준은 자신의 가디언들과 정 교관, 그리고 호영을 불러 자신이 생각한 방법을 이야기했다. 호영과 정 교관은 표정이 안 좋아졌지만 다른 방법이 없다는 데 동의했다.

잠시 뒤 호영이 다시 한 번 나무를 만들어내기 시작했다. 일행은 성준의 지휘 하에 나무로 물건을 만들어냈다. 다들 성준의 이야기를 듣고 걱정스러운 얼굴이 되었지만 모두 열심히 일했다.

그들은 나무를 엮어 커다란 사각 통을 만들었다. 마치 정사

각형의 반찬 그릇처럼 보이는 나무통은 네 귀퉁이가 줄로 단단하게 묶여 있고 그 줄은 커다랗게 변한 수호룡의 몸에 묶여 있었다.

성준은 일행과 함께 하늘을 날아갈 생각이다.

이 사각 통은 바로 사람들에 의해 하늘을 나는 뗏목으로 불리게 되었다. 하도 자주 뗏목을 타서 일행은 나무로 만든 탈 것은 모두 뗏목으로 부르는 경향이 생겨 버렸다.

사람들은 기대 반 두려움 반으로 급하게 만든 뗏목에 올라탔다.

네 개의 버팀목 위에 올려놓은 뗏목은 40명에 가까운 사람이 탔는데도 끄떡없었다. 성준은 뗏목 아래에 들어가 자신의 손을 올려 영기로 사람들과 뗏목을 감쌌다. 그리고 주디에게 출발 신호를 했다.

주디는 자신의 수호룡에 올라타서 날아오르게 했다. 수호룡은 출발할 때는 뗏목의 반발로 휘청거렸지만, 성준이 능력을 사용하자 하늘을 날아오르기 시작했다.

수리도 뗏목 아래로 내려와 성준을 도왔다.

다행히 주디의 수호룡은 성준의 생각보다 힘이 좋았다. 이대로 저녁까지 문제없이 날 수 있을 것 같았다. 속도도 상당해서 기존에 달리던 속도의 다섯 배 이상 나오는 것 같았다. 이대로라면 오늘 저녁때에는 던전의 중심에 갈 수 있을 것이다.

하늘을 나는 뗏목 위에서 야키가 결계를 펼쳤다. 수호룡과 일행은 하늘에서 모습을 감췄다.

성준과 일행은 네 시간 정도 이동한 후 작은 호숫가에 내려 앉았다. 성준이 능력을 사용해서 이상 없다고 확인한 지역으로 자신과 수리, 그리고 수호룡도 잠시 쉬는 편이 좋기 때문이다. 물론 야키도 쉬는 편이 좋았다. 하지만 야키는 편하게 앉아 와서 그런지 기운이 남는 것처럼 보였다.

성준은 일행과 식사를 하고 호수에서 낚시도 잠깐 한 후 다시 던전의 중심을 향해 출발했다.

날씨도 문제가 없었고 야키의 결계 덕분에 하늘을 향해 관심을 보이는 몬스터도 없었다. 다행히 이곳은 비행 몬스터도 보이지 않았다. 성준은 조금씩 기대되기 시작했다. 사람들을 살릴 가능성이 높아진 것이다.

그들은 그렇게 던전 중앙을 향해 빠르게 날아갔다.

*   *   *

하늘에서 지상을 환하게 밝히던 빛이 조금씩 약해지는 것이 느껴졌다. 이제 좀 있으면 밤이 될 것 같았다. 다시 잠자리를 찾으려고 하던 성준의 눈앞에 끝없이 보이던 숲이 끝나는 것이 보였다. 그리고 곡식이 자라고 있는 넓은 평야와 멀리 흰색 기둥이 솟아 있는 거대한 성이 보였다.

던전의 중심에 도착한 것이다.

성은 마치 이야기책에 나오는 중세 도시의 외성처럼 보였다. 성에서 흘러나와 자신들의 아래로 흘러가는 강물은 진주빛으로 반짝였다.

다희의 눈은 벌써 반짝거리고 있었다. 다시 그녀의 취미가 발동한 것이다.

성준은 다행스럽게 생각했다. 아직 늦지 않게 도착한 것 같았다. 그는 이제부터 착륙할 곳을 찾아야 했다. 그와 수호룡은 아침부터 계속 능력을 사용해서 힘들었다.

그때였다. 멀리 아래에서 불덩어리가 솟구쳐 오르기 시작했다. 야키의 결계가 가동되고 있는데 들킨 것이다. 성준과 일행은 깜짝 놀랐다.

미리 불덩어리가 날아오는 것을 영기로 파악한 성준은 옛목 아래에서 소리쳤다.

"적이다! 보람아, 물!"

그들을 향해 솟구쳐 올라오는 불덩어리의 숫자가 점점 늘어났다. 불덩어리는 중력의 영향을 받지 않는 것처럼 일행을 향해 솟구쳐 올라왔다.

보람이 물 덩어리를 만들어 불덩어리를 향해 쏘아 보냈고,

재식이 방패 능력을 만들어 보람의 방어를 뚫고 들어오는 불덩어리를 막았다.

하지만 거기서 끝이 아니었다. 성준은 멀리 도시 방향에서 영기들이 다가오는 것이 느껴졌다. 성준은 앞을 바라보았다. 멀리 거대한 새를 타고 오는 기사들이 보였다. 매가 커다랗게 변한 것처럼 보이는 새들은 중세의 기사들을 태우고 있었는데, 문제는 기사들의 검이 빛나고 있었다.

이대로는 저 새들과 기사의 공격에 수호룡이 위험했다. 빨리 자유롭게 해주어야 할 것 같았다.

성준은 급하게 수리에게 지시를 내렸고, 수리는 뗏목에서 빠져나와 위로 올라섰다. 그리고 뗏목에 있는 일행에게 소리쳤다.

"꼭 잡아요!"

수리의 검이 주위를 휘돌아 뗏목의 네 귀퉁이 줄을 모두 잘라냈다.

갑자기 가벼워지자 수호룡이 휘청거렸다. 수호룡을 타고 있던 주디가 놀란 눈으로 수리를 바라보았다. 수리는 앞쪽을 가리켰다. 주디는 수리가 가리키는 곳을 바라보고는 표정을 굳혔다.

줄이 잘려 자유롭게 된 수호룡과 그 위에 탄 주디는 앞에서 날아오는 새와 기사들을 상대하기 위해 고도를 높였다.

뗏목은 아래로 떨어지기 시작했다. 이제 아래에서 날아오는 공격을 피해 안전한 곳에 착륙해야 했다.

아직도 아래에서는 계속 화살과 불덩어리가 날아왔다. 재식과 보람이 막아내고 있어 다행이지만 아래로 내려갈수록 더욱 공격이 심해질 것이 분명했다.

성준은 아래에 보이는 강물을 향해 방향을 잡았다. 강물은 던전 중심의 성에서 숲으로 흐르고 있었다. 그는 안전한 착지는 포기하고 최대한 빠르게 움직였다. 줄이 끊어진 뗏목이 마치 떨어지듯이 강을 향해 움직였다.

뗏목이 거의 강에 내려오자 적의 불덩어리 공격은 멈추었다. 나무에 가려서 더는 공격할 수 없는 것 같았다. 성준이 안심하고 배를 강에 내려놓으려고 했을 때 성준의 감각에 엄청난 영기가 뗏목 쪽으로 날아오는 것이 느껴졌다.

콰콰콰쾅!

불덩어리가 날아온 방향에서 나무들을 박살 내며 뗏목을 향해 강력한 기파가 날아오고 있었다. 이건 성준도 처음 보는 강한 공격이었다.

성준은 보람에게 소리쳤다.

"뗏목을 맡아! 내가 찾아갈 테니 숲으로 피해!"

성준은 뗏목에서 손을 떼고 뗏목을 향해 날아오는 공격을 향해 몸을 던졌다. 이곳에서 저 공격을 막을 사람은 자신밖에 없었다.

보람은 성준의 말을 듣고 급하게 강물을 위로 끌어올렸다. 다행히 뗏목은 수면에서 얼마 떨어지지 않아 큰 충격 없이 강물에 내려설 수가 있었다.

성준은 앞으로 나아가며 영기 압축을 시작했다. 저 엄청난 기파는 정면으로 막을 수 없었다. 어떡하든 방향을 바꾸어야 했다.

그리고 성준이 강변에 도착했을 때, 강변 옆의 마지막 나무들이 터져나가며 기파가 들이닥쳤다. 성준은 검을 들어 영기를 기파를 향해 터드렸고, 바로 영기 비검을 미친 듯이 기파의 아래쪽을 향해 날렸다.

쾅! 콰콰콰쾅!

하얗게 빛나는 거대한 기파는 10m 이상 되는 덩치를 자랑하면서 성준에게 들이닥쳤고, 성준의 영기 압축으로 터뜨린 영기와 그 뒤의 비검들로 조금씩 방향이 바뀌는 것 같았다. 하지만 그 정도로는 어림도 없었다.

결국 기파는 성준의 앞까지 다가왔고, 성준은 감각을 끌어올려 기파가 약한 곳을 찾았다. 성준은 코앞까지 다가온 기파를 향해 검을 휘둘렀다.

쾅!

기파는 성준의 머리 위를 지나갔다. 그리고 강물에 막 내려 앉은 일행의 위를 지나 멀리 날아갔다. 강물이 반으로 갈라졌 다가 마구 출렁거렸다.

보람은 이를 악물고 뗏목을 안정화했다. 그리고 보람이 성 준을 돌아보자 성준이 빨리 떠나라는 신호를 보냈다.

이제 완전히 뗏목이 되어버린 나무 상자를 몰아 다시 숲 쪽 을 향해 빠르게 움직였다. 뗏목은 쾌속정처럼 물을 가르고 숲 을 향해 나아갔다.

성준은 일행이 달아나는 것을 보고는 고개를 돌려 일자로 구멍이 난 숲을 보았다. 기파로 인해 뻥 뚫린 구멍을 통해 멀 리서 한 남자가 걸어오고 있는 것이 보였다. 중세의 갑옷을 입은 그는 한가로운 걸음으로 성준을 향해 걸어왔다.

성준은 숨이 막혔다. 이 지역의 모든 영기가 끓어올랐다.

성준은 다가오는 남자를 질린 눈으로 바라보았다.

가죽 갑옷에 중요한 부위만 금속으로 덧댄 갑옷은 활동성 이 극히 강조되어 보였고, 손에 들고 있는 검은 아무 장식이 없었다.

그의 얼굴은 서글서글한 30대 초반인 호인의 모습이었는 데 표정을 굳히고 있는 지금은 강한 의지가 얼굴에 나타나 있 었다.

하지만 성준은 그의 본질을 볼 수가 있었다.

―제어 코어 방어 가디언.

―6등급.

―42지구 2행성 최고 능력자, 검술 마스터.

―검술 계열 고유 능력에 의해 다른 능력 먹힘.

―약점: 가디언으로 변해 검술 고유 능력 약화.

―코어 방어를 위한 최소 제어 상태.

―마스터: 본성 관리국.

―의혹, 궁금.

영기분석으로 나온 내용은 검술이 대단히 뛰어난 6등급 가디언이라는 내용이었다. 하지만 영기 그 자체를 볼 수 있는 성준에게는 도움이 되었지만 큰 의미로 다가오지는 않았다.

영기분석으로 본 내용과는 다르게 그에게서 뿜어져 나오는 영기에 이 지역의 모든 영기가 들끓어 오르고 있었다.

가디언은 영기 자체를 야생마를 몰듯이 마음껏 풀어놓고 다루고 있었다. 그의 몸에서 뿜어져 나오는 영기는 사방팔방으로 마음껏 뿜어져 나오고 있었지만, 자세히 보면 그 방향이 그에 의해 세심하게 조절되는 것 같았다.

성준의 감각에 의하면 이 모든 것이 그의 검의 움직임과 몸

속의 영기의 움직임이 만들어내고 있었다. 그의 검술이 어느 정도였는지는 모르겠지만 영기를 사용하게 된 이후 그는 검술로 영기까지 다루는 경지인 것이 분명했다.

질릴 정도의 검술 실력이었다. 성준의 감각은 앞의 남자와 검을 맞댄 순간 패배할 것이라고 알려주었다.

위기의식을 느낀 성준은 급하게 감각을 위로 뽑아 올렸다. 그러나 감각은 어느 순간 더 이상 올라가지 않았다. 온종일 능력을 사용해서 체력과 정신력이 부족한 모양이었다. 총체적인 난국이었다.

성준은 감각으로 주위를 확인했다. 성준의 감각이 주변을 확인해 나갔다.

머리 위에서 전투를 벌이던 수호룡과 주디는 전투에서 승리한 모양이다. 하늘에 떠 있던 적은 모두 사라져 있고, 주디와 수호룡은 숲으로 퇴각 중이었다.

보람이 조종하는 뗏목도 숲으로 들어가기 시작했다. 보람의 능력으로 엄청난 속도로 뗏목이 움직이고 있었다. 이제 자신만 이곳에서 빠져나가면 될 것 같았다. 지금 전투를 벌이기에는 자신의 상태가 좋지 않았다.

성준은 검에 영기를 압축시켰다. 크게 한 방 먹이고 달아날 생각이다. 검에서 점점 빛이 나기 시작했다.

그때였다. 성준의 열 걸음 앞까지 다가온 남성 가디언이 성준을 향해 말했다. 가디언의 표정은 더욱 딱딱하게 굳어졌다.

"너무 약한데. 아무래도 찾던 인간이 아닌 모양이군."

성준은 갑자기 입을 여는 가디언의 모습에 놀랄 수밖에 없었다. 여태 가디언이 스스로 입을 여는 경우는 본 적이 없었다. 아마 이 가디언은 강한 능력만큼이나 다른 가디언과 많이 다른 모양이었다.

하지만 지금이 기회였다. 방심한 자세로 입을 여는 가디언을 향해 성준은 자신의 검에 있는 영기를 터뜨렸다. 영기는 검에서 빠져나와 앞에 있는 가디언을 향해 날아갔다.

그리고 영기가 가디언을 향해 날아가는 순간, 성준은 몸을 뒤로 날렸다. 성준은 가디언이 이 정도 공격에 다칠 것이라고는 생각할 수가 없었다. 조금이라도 방해를 할 수 있다면 성공이었다.

서걱!

하지만 가디언을 향해 날아가던 하얗게 빛나는 영기는 가디언의 앞에서 반으로 갈라졌다. 그 사이로 가디언이 성준을 향해 달려왔다.

성준은 뒷머리가 쭈뼛 섰다. 자신도 그동안 다른 몬스터의 공격을 저런 식으로 받아낸 적이 있었다. 하지만 다른 사람이 하는 모습을 보니 식은땀이 절로 났다. 성준은 다리를 박차 물러나는 속도를 더욱 빠르게 했다.

하지만 성준의 눈앞으로 가디언의 얼굴이 쑥 다가왔다. 성준은 자신보다 빠른 사람은 처음 보았다. 그는 급하게 검을 들어 올렸다. 자신의 감각이 미친 듯이 경고하고 있었다.

쾅!

성준은 뒤로 튕겨나갔다. 그리고 성준의 검이 처음으로 성준의 손을 떠나 멀리 튕겨나갔다. 성준의 손에서 피가 튀어 올랐다. 방금 한 공격은 성준의 검과 손이 감당할 수 있는 레벨이 아니었다.

성준은 팔 전체가 마비되는 것 같았다. 하지만 가디언의 공격은 멈추지 않았다. 튕겨 나가는 성준 앞에 다시 검이 들이닥쳤다. 성준은 급히 검을 재소환했다. 그리고 그는 할 수 있는 한 최대한의 감각을 활성화해서 상대의 검에서 영기가 약한 부분을 찾았다.

성준은 반쯤 마비된 팔을 억지로 움직여 상대의 검에서 영기가 제일 약한 부분을 향해 검을 휘둘렀다.

끼이이익!

검은 잘리지 않았다. 분명히 영기가 제일 약한 부분을 공격했지만, 가디언의 검에 성준의 검이 파고드는 순간 검의 움직임이 변했다. 가디언의 검은 성준의 검날을 따라 미끄러졌고, 성준의 검은 도저히 상대의 움직임을 따라갈 수가 없었다. 성준의 검과 가디언의 검이 서로 얽혔다.

성준은 적의 검을 잘라내지는 못했지만 그래도 이번에는 검을 놓치지는 않을 수 있었다. 가디언과 성준은 검을 마주 대고 서로를 바라보았다.

가디언의 표정이 바뀌었다.

"신기한 일이네. 검술은 겉핥기로 배운 것 같은데 감각은 비상해. 더군다나 이상한 무기 파괴 기술도 있는 것 같고."

성준은 눈앞의 상대처럼 말을 할 여유가 없었다. 그는 자신의 영기를 주먹에 집중해 가디언의 심장을 향해 밑에서 위로 내질렀다. 어퍼컷이다.

가디언은 성준의 움직임을 알아차렸다. 그는 고속 이동으로 엄청나게 가속한 성준의 움직임을 평범한 움직임으로 피해 버렸다. 성준은 주먹을 허공을 향해 내지르게 되었다. 하지만 성준도 만만치 않았다. 그는 허공을 향해 뻗은 주먹에 몰려 있는 영기를 터뜨렸다.

성준의 레벨이 6으로 오르자 그의 영기 방출 능력도 레벨 3이 되었다. 그러자 그는 여태껏 장거리 공격을 하지 못하던 주먹의 영기가 밖으로 빠져나갈 수 있게 된 것을 알 수 있었다. 전에 이 능력을 사용한 보스 몬스터처럼 자신도 권기를 날릴 수 있게 된 것이다.

쾅!

성준의 주먹에서 발사된 영기는 가디언의 얼굴 앞에서 터져 버렸다. 성준과 가디언은 서로 반대 방향으로 튕겨져 나갔다. 성준이 자신의 방어 능력을 믿고 눈앞에서 영기를 터뜨려 버린 것이다.

가디언은 뒤로 튕겨져 나갔다. 그의 얼굴과 갑옷이 가리지 못한 목과 팔 등은 피투성이가 되었다. 따로 방어 능력이 없는 그는 갑자기 눈앞에서 터져 버린 공격을 막아낼 수 없었던 것이다.

가디언은 뒤로 날아가며 놀란 표정이 되었는데, 그래서인지 자신이 뒤쪽의 나무와 충돌하게 된 것을 알지 못하는 모양이었다.

하지만 그가 나무들과 부딪치기 전에 그의 뒤로 반투명한 반구가 생성되더니 그를 공중에서 받아냈다. 그리고 그의 앞으로 지팡이를 든 붉은 머리카락의 여성이 공중에서 내려왔다.

그녀는 그의 다친 모습에 깜짝 놀라 지팡이로 그를 가리켰다.

지팡이에 박혀 있는 돌 중 하나에서 빛이 나더니 그의 상체에 난 상처가 사라지기 시작했다. 높은 레벨의 치료 능력이었다.

"괜찮으세요?"

"아, 괜찮아."

놀란 여성의 목소리에 남성 가디언은 안심하라는 듯이 그녀의 어깨를 두드렸다. 하지만 여성은 남성 가디언의 상처에 많이 놀란 모양이었다.

"상처 난 모습은 정말 오랜만이에요."

"그렇지? 나도 깜짝 놀랐으니까 말이야. 정신이 번쩍 들었어. 기다리던 인간이 아닌 것 같아서 방심하고 있었거든. 약해 보였어."

여성은 그의 말에 화가 난 듯한 표정으로 주변을 둘러보았다.

"지금 어디 있어요? 제가 바로 죽여 버릴게요. 어차피 가디언의 제어를 받고 있으니 보자마자 죽여 버릴 수 있을 거예요."

그녀는 가디언의 상처에 화가 많이 난 모양이었다. 그는 여성의 말에 피식 웃었다.

"그게 나한테 한 방 먹이면서 자신도 같이 충격을 받아 튕겨져 나갔는데, 내가 피투성이가 되는 것을 보고도 바로 뒤도 돌아보지 않고 달아나더라고. 부상당했다고 생각했으면 덤빌 만도 한데, 신기하지?"

가디언의 말에 그녀는 당연하다는 표정을 지었다.

"어차피 주인님이야 피부의 상처 정도는 실력이 줄지가 않으니까요."

"그러니까 말이야. 도망간 인간은 그런 내용을 전부 알아차리는 것 같았어. 정말 묘하다니까?"

그는 정말 신기해하는 것 같았다.

"어떻게 하실 거예요?"

여성은 그에게 앞으로 어떤 식으로 움직일지 물어보았다.

"어차피 나와 넌 숲을 들어갈 수 없게 제어되고 있으니 다른 가디언들을 데리고 성으로 돌아가자. 어차피 그들은 성으로 들어오게 되어 있어."

"네, 알았어요."

여성은 그의 말에 바로 수긍했다. 그리고 그들은 성으로 돌아가기 시작했다. 여성은 남성 가디언의 팔짱을 끼고 걸었고, 그들이 가는 뒤로 가디언들이 따라붙기 시작했다.

"그럼 그 사람은 저희가 기다리던 사람이에요, 아니에요?"

"나도 모르겠던데? 생각보다는 약했어. 그런데 뭔가 내 생각하고는 다른 능력이 있는 것 같아. 그래서 잘 모르겠어."

"그럼 다음에 싸워봐야 알겠네요?"

"어, 싸우다 그 인간이 죽으면 찾던 사람이 아니고 날 이기면 맞겠지."

"으, 너무나 과격한 방법인데요?"

"어차피 가디언이니까. 다른 방법이 없어."

그들의 목소리가 점점 멀어져 갔다. 천장에서 환하게 던전을 밝히던 빛은 이제 모두 사라지고 던전은 깜깜해졌다. 천장에 박혀 있는 빛나는 돌은 지상에서 거리가 멀어 보이지가 않았다.

*   *   *

사람들은 걱정스러운 얼굴로 강의 상류를 바라보았다. 이곳은 평야 지역에서 숲 속으로 한 시간 정도 안쪽 지역이었다. 보람이 뗏목을 최대한 빨리 몰아 숲 안으로 계속 들어오다가 겨우 공터를 발견하고 뗏목을 이곳에 올려놓은 것이다.

하늘에서 전투를 마친 주디도 배가 피하는 것과 두려움에 떠는 수호룡의 모습에 바로 배에 있는 베르거 교수에게 능력을 사용해서 연락을 취했다. 그녀는 성준이 피하라는 명령을 내렸다는 이야기를 듣고 바로 배를 따라 숲으로 들어왔다.

다행히 야키의 결계 능력은 잘 작동해서 몬스터에게 들키지 않았고, 주디의 수호룡이 도착해서는 수호룡의 영역 선포에 몬스터들이 더는 접근하지 않았다. 야키는 자신의 결계 능력에 이상이 없자 안심했다. 그런데 좀 전에는 어떻게 발견되었는지 도통 알 수가 없었다.

사람들은 모두 혼자 남아서 전투를 벌이는 성준을 걱정했다. 가디언들이 무사한 것을 보니 목숨에는 문제가 없어 보이지만 그들 모두는 자신들을 향해 날아오던 어이없을 정도로 강한 영기 공격을 보았다. 성준이 막아냈지만 야키의 별에서의 어떤 악마 몬스터의 공격도 그 정도는 아니었다.

정 교관은 굳은 얼굴로 이곳에 요새를 만들기 시작했다. 적의 성에서 멀지 않은 지역이지만 밤에 성준도 없이 더 움직이는 것은 무리가 있었다. 호영은 다시 한 번 목책을 쌓고, 사만다와 보람은 해자를 만들었다.

요새를 만드는 도중에 수리가 번쩍 고개를 들더니 강을 향해 뛰어갔다. 성준이 근처까지 온 것이다. 수리는 그녀의 정보교환능력으로 성준의 위치는 계속 알고 있었지만, 성준의 명령으로 움직이지 못했다. 그랬던 그녀는 그가 가까이 접근해 오자 명령의 사슬에서 벗어날 수 있었다.

그녀는 뗏목이 올려 있는 강변에 서서 던전의 중심을 바라보고 있는 성준을 발견했다. 그는 심각한 표정으로 하얗게 빛나는 기둥을 바라보고 있었다. 수리는 그대로 성준에게 뛰어가 그에게 안겼다.

그 뒤로 그의 가디언들이 도착했고, 일행이 모두 모여 성준의 귀환을 반겼다. 모두 걱정했는지 성준이 도착한 것을 반기는 사람들의 표정이 모두 환했다.

　성준은 모두에게 감사를 표하고 급하게 만든 요새로 걸어 갔다. 하지만 그 남자 가디언에게 이대로는 이길 방법이 없었 다. 기뻐하는 사람들과는 달리 성준의 표정은 심각했다.

제5장
봉인 Ⅲ

성준은 피곤한 몸으로 감각을 활성화해서 주위를 살폈다. 수호룡의 덕분인지 주변의 영기들이 물러서 있었다. 몬스터들이 수호룡을 인정하고 뒤로 물러선 것이다.

성준은 던전의 중심에 있는 하얀 기둥을 바라보았다. 높이 솟아 있는 하얀 기둥은 강력한 가디언의 모습을 되새기게 했다.

성준은 그에게서 도망칠 때 평야에서 숲으로 들어서는 순간 그 남성 가디언이 더는 쫓지 않을 것이라는 확신이 생겼다. 그래서 그는 가디언들의 야간 기습에 크게 걱정하지 않았다. 그 남성 가디언만 없으면 상대할 수 있을 것 같았다.

자잘한 상처를 입은 성준은 하은의 치료를 받고 그대로 쓰러져 기절하듯이 잠들고 말았다.

그날 밤은 적막한 가운데 시간이 지나갔다.

다음 날, 아침이 밝았다. 다행히 수면으로 인해 모두의 체력은 회복된 것 같았다. 성준은 시간을 확인했다. 벌써 몬스터 홀에 들어선 지 3일째였다. 만약 오후가 되기 전에 이 던전에 있는 제어 장치를 해결하지 못하면 지구에 있는 수억의 사람이 목숨을 잃을 것이 분명했다. 성준은 사람들과 여러 가지 방법을 의논해 보았지만 쉽게 방법이 나오지 않았다.

일행이 공격하고 성준과 가디언들이 하늘로 급습하는 방법도 생각해 보았지만, 적 대장 가디언이 너무나 강했다. 일대일로도 자신이 없는 판에 성안에서 다른 적 가디언들과 함께 싸울 생각을 하니 고개가 절로 좌우로 움직였다.

그렇다고 정면에서 공격하는 것은 더욱 어이없는 방법이었다. 저 거대한 성에 있는 가디언의 수와 대장 가디언을 생각하니 달걀을 들고 바위에 내려치는 기분이 들었다.

이야기를 해보았지만 방법이 나오지 않자 성준은 우선 성이 보이는 숲의 끝에 가서 다시 이야기해 보기로 했다. 성준의 감각에 무엇인가 걸리기를 기도하는 수밖에 없었다.

일행은 빠르게 준비하기 시작했다.

사람들의 표정은 긴장으로 굳어져 있었다. 그전에도 많은 싸움이 있었지만, 이번 전투는 자신들의 어깨에 수억의 목숨이 걸려 있는 싸움이다. 모두 긴장을 안 할 수가 없었다.

성준은 주위를 둘러보고 앞으로 나섰다. 그리고 손뼉을 쳐서 자신을 바라보게 했다.

"모두 너무 긴장 안 하셔도 됩니다. 여태까지 저와 같이 다녀보신 분들은 아시겠지만 저는 어떡하던지 결국 결과를 내왔습니다. 제가 약속드리겠습니다. 이번 작전도 확실하게 해내겠습니다."

성준은 한 사람씩 바라보며 이야기를 마쳤다. 다들 성준을 마주 보며 고개를 끄덕였다. 성준은 처음으로 마음에도 없는 말을 하게 되었다. 하지만 일행의 분위기를 올리기 위해 어쩔 수 없었다. 다들 이렇게 거짓말쟁이가 되는 것 같았다. 성준은 속으로 쓴웃음을 지었다.

일행은 우선 숲을 나가기 전까지 뗏목을 이용하기로 했다. 성준은 감각을 확장해 주위를 살펴보았고, 일행이 모두 뗏목에 올라타자 야키가 결계를 만들었다.

어제는 가디언들에게 들켰지만 그전까지는 누구에게도 들키지 않은 야키의 결계이다. 성에 접근하기 전에 악마 몬스터도 발견하지 못한 야키의 결계를 어떻게 알아냈는지도 확인해 봐야 할 것 같았다.

떼목은 보람의 능력으로 인해 물살을 거스르며 상류로 향했다. 시간이 많지는 않았지만 조심 또 조심해야 했다. 떼목은 최대한 조용하게 움직였다. 다행히 야키의 결계와 보람의 조심스러운 조정은 주위의 몬스터에게서 떼목을 감추는 데 성공했다. 일행은 숲을 빠져나갈 때까지 어떤 몬스터의 방해도 받지 않았다.

이윽고 성준과 일행은 넓게 펼쳐진 평야의 가장자리에 도착할 수 있었다. 떼목은 숲 안쪽에 숨겨놓은 상태이다.

이 평야는 곡식을 기르는 곳인지 마치 밀처럼 보이는 식물이 노랗게 물들어 황금물결을 이루고 있었다.

성준은 그 식물의 이삭을 하나 따내 보았다. 손 위를 굴러다니던 이삭은 얼마 뒤 검은 영기가 되어 사라졌다. 그 모습을 보고 성준은 쓴웃음을 지었다. 어차피 전부 가짜였다. 영기로 자연 흉내를 낸 것에 불과했다. 아직 일행의 모습을 발견하지 못해서인지 멀리 농사를 짓는 농부의 모습도 보였다. 성준은 고개를 흔들었다.

성준은 앞의 성을 보고 감각을 활성화했다. 바로 영기분석이 활성화되었다. 이제는 거의 모든 사물을 영기분석으로 알아볼 수 있게 되었다.

—제어 코어 이동진 방어 성벽.

—무기와 같은 구조. 능력으로 파괴 불가능.

—적 침입 시 제어 코어 이동진 봉인 및 던전 파괴.

성준은 자신이 확인한 내용을 보고는 어이가 없었다. 이 던전은 전체가 함정이었다. 제어 코어를 노리고 성안으로 누군가 침입하면 던전을 통째로 날려 버리는 시스템이었다. 거기다 제어 코어라는 것은 남아 있으니 다른 던전은 그대로 유지될 것이 분명했다.

만약 어느 별에 강한 귀환자들이 나타나 자신들처럼 이렇게 몬스터 홀을 공략해 오면 최후에 이 던전 자체를 박살 내서 강한 귀환자들을 죽여 없애는 것이었다.

성준은 이 이야기를 사람들에게 비밀로 하기로 했다. 우선 가디언들의 제거가 먼저였다. 하나하나씩 해결하면 방법이 나올 것이라고 성준은 믿기로 했다.

성준은 일행과 상의해 우선 천천히 전진해 보기로 했다. 성준 자신이 감각을 활성화해서 적을 살펴보고, 적이 나타나면 숲으로 물러나서 숲에서 싸우기로 했다. 소수인 자신들은 이런 넓은 평야보다 숲에서 싸우는 것이 훨씬 유리했다. 강력한 적의 대장 가디언은 성준이 맡기로 했다. 성준은 어떻게 하든지 시간을 벌어볼 생각이다.

성준과 일행은 숲에서 나와 천천히 전진하기 시작했다. 야키가 다른 육체 능력자의 등에 업혀 결계를 만들어냈다. 또 들키더라도 어떻게 알아냈는지 확인해 봐야 했다.

성준과 일행은 곡식들 사이로 난 길을 통해 성으로 향했다. 다행히 길에는 농부 가디언들이 없어서 방해를 받지 않았다. 일행은 천천히 움직였다.

그렇게 일행이 30분 정도 움직였을 때다. 일행은 평야를 1/3쯤 지난 상태였다. 성준은 일행의 걸음을 멈추게 했다. 성준의 감각에 성안의 도시 가운데에서 위로 솟구치는 영기가 확인되었다. 상당히 강한 영기였는데 어제 본 가디언의 영기는 아니었다. 새로운 가디언이었다.

성 뒤쪽에서 한 명의 인영이 위로 솟구쳐 올라가는 것이 성준과 일행의 눈에 보였다. 그 인영은 붉은 머리카락을 가진 여성이었는데 나무 지팡이를 들고 원피스 치마를 입은 것이 꼭 마법사나 마녀같이 보였다.

그녀는 성 위로 수십 미터 이상 더 떠올라서 그 자리에 멈추었다. 그리고 그녀는 눈을 감고 지팡이를 위로 들어 올렸다.

성준은 그 모습에 자신의 감각을 끌어올렸다. 그녀가 무엇을 하는지 알아야 했다. 들어 올린 그녀의 지팡이를 중심으로 이 세상 것이 아닌듯한 영기가 사방으로 퍼져 나갔다. 그리고 그 영기는 다른 물체를 모두 통과하더니 야키의 결계에 부딪치자 바로 소멸하였다.

그 순간 붉은 머리의 여성이 성준 일행이 있는 쪽을 바라보았다. 들킨 것이다. 성준은 급하게 그녀의 정보를 확인했다.

—특이 능력 보존 가디언.
—4등급.
—전 발렌제국 수석 마법기 사용자.
—특이 능력: 무제한 마법기 사용 가능.
—약점: 마법기 사용이 레벨로 제한됨.
—마스터의 조치로 정신적인 제어가 상당수 망가짐.
—마스터: 검술 마스터 피오레
—확신, 추적.

그녀의 정보에는 그녀가 결계를 확인한 방법이 나오지 않았다. 성준은 그녀가 들고 있는 지팡이에 정신을 집중하고 그녀의 지팡이를 다시 한 번 확인했다.

—발렌제국 유물 1호.
—영기 보석이 소켓 형태로 세팅되어 있음.

—비행 소켓, 영기 화염 소켓, 물 이용 소켓, 흙 이용 소켓, 결계 감지 소켓, 추적 소켓······.

"말도 안 돼!"

성준의 입에서 헛웃음이 절로 나왔다. 지팡이에 엄청난 수의 영기 구슬이 소켓으로 박혀 있었다. 지팡이를 사용하는 저 여성 가디언은 거의 제한 없는 마법사라고 봐도 될 정도였다.

어쨌거나 성준은 결계를 들킨 이유를 알 수 있었다. 저 지팡이가 문제였다.

성안의 영기들이 움직이기 시작했다. 많은 영기가 하나로 뭉쳐져 자신들이 있는 방향의 성문으로 움직이기 시작했다.

그리고 성의 중앙에 있는 거대한 영기가 꿈틀거렸다. 어제 본 가디언이었다. 그도 움직이기 시작한 것이다.

성준은 우선 달아나기로 했다. 결계가 파악된 원인을 찾았으니 다시 방법을 찾아 접근해야 했다.

"들켰습니다. 저 여성 가디언의 지팡이가 문제예요. 우선 물러납니다."

야키는 결계를 풀고 땅에 내려섰다. 그리고 일행은 숲을 향해 달리기 시작했다. 성준은 성안의 영기 움직임을 계속 확인하고 있었다. 이대로 물러나는 것보다는 조금이라도 가디언들을 끌어들여 각개격파하는 편이 좋았다.

성준의 감각에 성안에서 빠르게 상승하는 수십 개의 영기가 느껴졌다. 어제 본 비행 몬스터와 기사들이었다. 그 비행 몬스터들은 하늘에 떠 있는 여성 가디언에게 합류했다.

발렌제국 천공 기사들을 이끌고 전 발렌제국 수석 마법기 기술자인 안느는 성준을 향해 날아갔다.

그녀는 성준과 그 일행을 보자 어제 본 마스터의 상처가 생각났다. 그녀의 마스터도 움직이기 시작했으니 먼저 움직여도 될 것 같았다. 저들이 숲으로 달아나기 전에 잡아야 했다. 그녀는 기사들과 함께 전력으로 추격하기 시작했다.

성 중심의 영기가 움직이기 시작했다. 영기의 움직임을 보니 어제 본 강력한 가디언은 하늘을 날지 못하는 것 같았다. 단지 지상에서 움직이는 속도가 엄청났다.

성준은 앞에서 달려가는 일행을 향해 소리쳤다.

"저 여성 가디언과 비행 몬스터들을 숲 근처까지 끌어들여서 제거해 줘요! 대장 가디언은 내가 어떡하든지 막을 테니까요!"

앞에서 달려가는 일행은 알아들었는지 모두 자신의 무기를 굳게 쥐었다.

굳게 닫혀 있던 성문이 크게 열렸다. 은빛이 번쩍이는 갑옷을 입고 말처럼 생긴 짐승을 탄 가디언들이 성을 나서기 시작했다. 인원이 많아 모두 천천히 움직이기 시작했지만, 곧 모두 밖으로 나오면 엄청난 속도로 일행을 향해 달릴 것이 분명했다.

숲에 도착하기 전에 안느가 먼저 일행의 머리 위에 도착했다. 안느는 지팡이를 들어 올렸다. 허공에 수십 개의 불덩어리가 생성됐다. 그 불덩어리는 일행에게 쏟아졌다. 비행 몬스터를 타고 있는 기사들은 일행을 앞질러 일행의 정면을 막아섰다.

일행은 숲 바로 앞에서 전진이 막혔다.

재식이 방패 능력을 생성해서 일행을 뒤덮었고, 보람도 그 위에 물 방패를 만들어냈다. 그리고 다른 일행은 전방의 비행 몬스터들을 향해 화살을 쏟아 부었다.

물 방패에 화염 덩어리가 부딪쳐 터져 나가고 방패 능력마저 두드려 댔다. 여성 가디언이 4레벨이라 그런지 화염 하나하나의 위력이 장난이 아니었다. 하지만 성준의 물 마법사도 4레벨이었다. 화염 덩어리에 터져 나간 물이 서로 뭉쳐져 창으로 변하더니 바로 얼어붙었다. 얼음 창은 위로 솟구쳤다.

자신들을 향해 날아오는 화살을 향해 비행 몬스터에 타고 있는 기사들이 손을 내밀었다. 그러자 비행 몬스터의 앞에 반투명한 막이 생성되었다. 방패 능력이었다. 그리고 비행 몬스터들의 입에 빛이 모이기 시작하고 기사들의 검이 빛나기 시작했다.

그리고 주디의 수호룡이 공중으로 떠올라 거대화되었다. 일행의 앞에 수호룡이 나타나 포효했다.

"쿠콰콰콰콰!"

주디는 수호룡 위로 뛰어올랐고, 수호룡은 전방의 비행 몬스터들을 향해 날아갔다.

성준은 이 모든 전투를 외면하고 성 쪽을 바라보고 있었다.

그 방향에서는 한 가디언이 벌판을 가로지르며 이쪽으로 달려오고 있었다. 적의 대장 가디언이었다. 그는 성벽을 한걸음에 뛰어넘더니 그대로 곡식 사이로 뛰어들었다.

엄청난 속도였다. 몇 초만 지나면 이곳에 도착할 것이 분명했다. 이대로 놔둘 수는 없었다. 성준은 그를 향해 튀어나갔다.

이차전이 시작되었다.

성준과 대장 가디언은 노랗게 물든 벌판 중앙에서 맞부딪쳤다. 이미 어제의 전투에서 서로의 실력을 가늠한 둘은 바로 자신의 실력을 드러내기 시작했다.

가디언은 검을 성준을 향해 휘둘렀고, 성준은 휘두르는 그의 검이 만들어내는 영기의 흐름을 타고 뒤로 물러섰다. 갑자기 어제와 다른 회피 능력을 발휘하는 성준의 모습에 가디언의 눈이 커졌다. 성준은 가디언의 검이 자신의 앞을 지나가자 검을 가디언의 영기가 가장 약한 부분을 향해 내질렀다.

하지만 상대도 성준의 공격에 대한 충분한 대비가 되어 있었다. 성준의 검은 어느새 가슴을 방어하고 있는 가디언의 검에 의해 막혔다.

검술의 차이가 너무나 많이 났다. 성준은 답답했다. 가디언의 몸에서 영기가 약한 부분을 발견해도 공격할 방법이 없었다.

성준의 공격은 가디언에게 방어에 막히고 가디언의 공격은 성준이 피하는 상태가 잠시 계속되었다. 성준은 이대로 우선 버텨보기로 했다. 현재 상황을 유지하면서 일행이 다른 가디언들을 쓰러뜨리기를 바라는 것이 좋을 것 같았다.

하지만 성준의 생각은 오래가지 못했다. 가디언에 의해 균형은 바로 깨졌다.

"대충 알겠군. 검의 흐름을 타는 것이었어. 이런 방법이 가능하리라고는 생각하지 못했지만 어쨌든 방법을 알았으니……."

가디언의 눈이 빛이 나며 그의 검이 공기를 가르고 다가왔다. 검은 빛살 같은 속도로 성준을 향해 내리그었다.

성준의 어깨에서 피가 튀어 올랐다. 검을 영기로 인식해서 몸이 알아서 밀려나는 중이었는데 그의 검을 이루는 영기 자체가 날카롭게 변해 버렸다. 어떻게 영기 자체를 제어했는지 알 수 없었지만 그런 영기가 쾌속하게 날아오니 몸이 채 피하기도 전에 검이 지나가 버렸다.

성준은 급하게 방어 자세를 취했지만, 성준의 몸에서는 사방으로 피가 튀어 올랐다. 성준은 중요 부위만이라도 막기 위해 최선을 다했다.

하지만 가디언은 이대로 끝낼 모양이었다. 검의 속도가 더욱 올라갔다. 이대로라면 몇 합 지나가기 전에 성준이 쓰러질 것이 분명했다.

성준은 이를 악물었다. 다시 한 번 감각을 최대한으로 올려 보기로 했다. 충분한 휴식을 취해서 정신 상태가 나쁘지 않으니 다시 한 번 도전해 보기로 한 것이다.

성준의 감각이 무섭게 치솟기 시작했다.

캉!

뒤로 밀리면서 겨우 막기에 급급하던 성준의 검이 가디언의 검을 제대로 쳐냈다. 성준의 눈이 이상하게 반짝거렸다.

성준은 다시 한 번 일그러진 영기의 세계에 진입했다. 이번에는 영기로 구성된 세계가 오히려 성준에게 친숙하게 느껴졌다.

성준은 공간을 흐르는 영기의 흐름에 몸을 맡기고 싶다는 생각이 들었다. 영기와 자신이 일치되는 느낌이 어머니의 품처럼 느껴졌고, 정신 자체가 영기 안으로 미끄러져 들어가는 느낌이 들었다.

하지만 그는 결국 참아내는 데 성공했다. 그리고 그는 눈앞의 영기를 바라보았다. 대장 가디언의 진실한 모습이 보였다.

대장 가디언의 복부에 영기가 단단하게 뭉쳐 돌고 있었고, 그 기운 중 가장 큰 기운이 팔을 통해 검으로 흐르고 있었다. 그리고 다른 기운은 사지로 흘러들어 몸을 강화하는 것 같았다. 영기의 흐름이 마치 동양 의학에서 본 혈도의 모습 같았다.

감각이 활성화된 성준은 바로 그 방식을 이해했다. 영기 자체를 육체를 강화하는 에너지원으로 사용한 것이다. 능력을 사용하지 않고 영기 자체를 사용하니 다양하게 쓸 수도 있고 그 효율도 대단한 것이다. 특히 검과 연결된 영기는 검 자체를 강화하고 있었다.

성준은 그 세계 안에서 영기의 흐름을 이용하여 가디언의 검술을 이해하기 시작했다.

성준의 검의 움직임이 바뀌고 있었다. 단순한 검술에서 시작해 수리의 교육으로 조금 쓸 만해진 검술이 마치 눈앞의 가디언의 검술처럼 변하고 있었다. 그리고 성준은 영기가 다 떨어져서 영기의 세계에서 밀려났다. 하지만 이번에는 버틸 만했다. 레벨이 올라서 정신 자체가 강화되고 있는 것 같았다.
성준은 방금 익힌 검술로 가디언의 검술을 상대했다.

캉! 캉! 캉!

검끼리 충돌하기 시작했다. 처음에는 불꽃만 튕기던 검이
었지만 조금 시간이 지나자 가디언의 검에서 조금씩 파편이
튀기 시작했다. 성준이 가디언의 영기 운용 방식을 따라 하기
시작한 것이다. 영기 운용법이 동일해지자 검 자체의 능력이
존재하고 상대 영기의 약점이 보이는 성준의 검이 가디언의
검을 압도하기 시작했다. 가디언의 얼굴이 굳어졌다.

둘의 전투는 더욱 치열해졌다.

       *   *   *

성준과 대장 가디언이 치열하게 싸우고 있을 때 다른 사람
들도 전투를 벌이고 있었다.

일행과 가디언들과의 전투는 둘로 나누어져 있었다. 여성
가디언을 상대하는 수리와 보람, 특수 능력자들, 그리고 비행
가디언과 기사들을 상대하는 주디와 수호룡, 그리고 다른 귀
환자들로 나누어져 있었다.

다른 귀환자들과 주디의 수호룡이 비행 가디언들을 제거
하는 동안 수리와 보람은 여성 가디언을 막아내고 있었다. 마

치 성준이 대장 가디언을 막아내는 것과 같은 상황이었다.

그리고 일행은 비행 가디언과 기사들을 압도했다.

일행의 공격을 막아내던 기사의 방패 능력은 헤라와 다희 같은 중복 능력자를 막기에는 힘이 부쳤다. 더군다나 기사와 비행 몬스터의 공격은 재식의 방패 능력으로 철저하게 막아 내었다.

거기다가 주디의 수호룡은 그들에게 날벼락이었다. 날개 에서 나오는 칼날 바람은 기사들의 방패 능력을 갈가리 찢어 놓았고, 수호룡은 직접 날아와서 비행 몬스터와 가디언을 물 고 흔들어 찢어버렸다.

결국 얼마 시간이 지나지 않아 가디언과 비행 몬스터들은 전멸했다. 몬스터와 가디언들은 모두 연기로 변해 사라져 갔 다.

그러자 일행은 숲으로 달려가는 것이 아니라 혼자 남은 여 성 가디언을 향해 활과 쇠뇌를 겨누었다.

수리와 보람은 그동안 붉은 머리의 여성 가디언을 겨우겨 우 막아내고 있었다. 셋 다 같은 4레벨이었지만 여성 가디언 의 다양한 공격을 막기에는 둘 다 조금씩 부족했다.

여성 가디언이 불덩어리를 날리면 보람이 막아내고 수리 가 날아들어 검으로 여성 가디언을 베어버렸지만, 그녀의 지괭이에서 방패 능력이 생성돼서 검을 막아버렸다. 그리고 여성 가디언은 수리에게 영기 광선을 발사했다. 눈앞에서 발사된 광선은 피부 강화 능력을 사용한 수리라도 부상을 피할 수가 없었다.

하지만 수리가 다쳐서 아래로 떨어지면 다시 보람이 나서서 얼음 창으로 공격했고, 마리아가 주변에 독 안개를 뿜어내 가디언을 뒤로 물러나게 했다. 그리고 하은의 치료로 멀쩡해진 수리가 다시 가디언에게 달라붙고는 했다.

안느는 점점 인상이 굳어졌다. 자기 생각이 여러 군데에서 잘못된 것 같았다. 첫째로 이 인간들의 전투력을 얕보았다. 자기 생각으로는 천공 기사들과 자신만으로 충분히 막아설 수 있을 것으로 생각했는데 오히려 자신을 제외하고는 가디언들이 밀리는 것이다.

그리고 제일 잘못 생각한 것은 자신의 주인과 싸우는 인간의 능력이었다. 어제 주인의 말에 따르면 엄청나게 약하다고 했고 자신도 도망가는 것을 보았는데 지금은 거의 밀리지 않고 버티고 있었다. 물론 자신의 주인이 질 리는 없지만 이대로라면 일행을 놓칠 게 분명했다.

그녀가 아쉬움에 한숨을 쉬고 있을 때 전황이 변했다. 그녀의 예상과는 다르게 비행 몬스터와 기사들을 전멸시킨 다른 일행이 무기를 자신에게 향한 것이다. 그녀는 깜짝 놀랐다.

이대로라면 자신도 위험했다.

그리고 수십 개의 빛나는 화살이 그녀를 향하여 날아왔다.

콰콰콰쾅!

안느는 급하게 방패 능력으로 방어했지만 화살의 숫자가 너무나 많았다. 방패 능력은 깨져 버렸다. 그리고 그녀의 몸에 화살이 박혀 터져 버렸다.

쾅!

폭발이 지나가고 난 후 그녀의 몸은 상처투성이였다. 피부 방어를 활성화했지만 모든 공격을 방어할 수는 없었다. 그녀는 급하게 치료 능력을 사용해 몸을 치료하기 시작했다.

하지만 일행이 그녀를 그냥 놔둘 리 없었다.

일행은 계속해서 그녀를 두들겼고, 결국 그녀의 치료하는 모습을 지켜보던 수리에 의해 팔이 잘려 지팡이와 함께 멀리 날려가 버렸다.

"꺄악!"

비행 능력이 사라진 안느는 비명을 지르며 하늘에서 떨어졌다. 그리고 성준의 앞에서 영기가 폭죽처럼 치솟았다.

*   *   *

성준은 갑자기 큰 폭으로 증가하는 대장 가디언의 영기에 급하게 뒤로 물러섰다. 저 영기에 말려들면 몸이 어디로 날려 갈지 알 수 없었다.

성준은 어떻게 된 일인지 급하게 사방을 살폈다. 여성 가디 언이 팔이 잘린 채 땅에 떨어져 있었다. 그래서 눈앞의 가디 언이 분노한 모양이었다.

성준은 어느새 눈앞으로 다가온 기마대를 볼 수 있었다. 기 마대는 엄청난 먼지를 만들어내며 노랗게 물든 곡식들을 짓 밟고 달려오고 있었다. 성준은 급하게 외쳤다.

"모두 숲으로! 기마대가 접근합니다!"

영기가 솟구쳐 올랐던 대장 가디언은 쓰러져 있는 여성 가 디언을 향해 발을 박찼다.

성준은 그 앞에서 검을 들고 그를 막았다. 여성 가디언의 주변에 있는 일행이 위험할 수도 있었다.

쾅!

하지만 대장 가디언의 검과 충돌한 성준은 멀리 튕겨 나가 고 말았다. 조금 전과 속도와 검술은 같았지만 갑자기 영기 가 엄청나게 증폭된 상황이었다. 성준이 감당할 수가 없었 다.

성준이 튕겨 나가자 대장 가디언은 여성 가디언을 향해 달 려갔다. 다행히 대장 가디언은 여성 가디언을 놔두고 숲으로 달려가는 일행을 신경 쓰지 않았다.

일행은 숲을 향해 달려갔고, 성준은 일행의 뒤를 따라가다 뒤로 처진 베르거 교수와 빈센트의 허리띠를 양손으로 잡고 다리를 박찼다.

허리가 접히는 고통에 두 남성은 비명을 질렀다.

일행은 모두 숲으로 들어갔다. 그리고 수백 기의 기마대가 엄청난 연기를 만들어내며 일행과 가디언들이 싸운 장소를 지나쳐 갔다.

기마대가 지나가며 먼지를 만들어내도 대장 가디언 피오레는 자리에 앉아 가디언인 안느를 안고만 있었다.

기마대는 아무 지시가 없자 일행을 쫓아 숲으로 진입했다. 잠시 뒤 숲에서 전투가 시작되었다.

피오레는 안느의 피에 젖은 붉은 머리카락을 옆으로 치워주었다. 그런 그의 손길에 안느는 미소를 지었다.

"개구쟁이 주인님이 정말 많이 멋져지셨어요. 난 성공한 것 같아요."

안느는 피오레를 만났을 때가 생각났다. 힘은 강하지만 제멋대로인 그가 자신과 만나 이렇게 진중한 남자가 된 것이다. 그녀는 그에게 조금 미안했다.

"저랑 만나지 않았으면 좀 더 즐겁게 살 수 있었을 텐데… 죄송해요."

그는 고개를 흔들었다. 그녀는 항상 옳았다. 무식하게 몬스터 홀을 모두 파괴해 버리려는 자신을 말려서 악마 몬스터를 추격하게 한 것도 그녀이고, 악마들의 별에서 협상안을 만들어낸 것도 그녀였다. 자신의 별을 구한 것은 자신이 아니라 안느였다.

자신이 이렇게 바뀐 것도 그녀의 책임감을 배워 자신이 변한 것이다.

안느의 잘린 팔에서 피가 계속 흘러나왔다. 피는 흙에 스며들었고, 흙에서 영기로 변한 피가 연기처럼 피어올랐다.

그녀는 남은 손으로 그의 얼굴을 쓰다듬었다.

"먼저 가서 기다릴게요, 나의 사랑하는 주인님."

그녀는 조용히 눈을 감았다. 그의 얼굴을 쓰다듬던 그녀의 손이 아래로 떨어졌다. 잠시 뒤 그녀의 몸은 연기로 변해갔다.

그는 그 자리에서 움직이지 않았다. 그녀가 만들어낸 모든 영기가 사라지고 구슬 하나가 눈앞에 떨어져 있어도 그는 움직이지 않았고, 숲 속에서 들리던 전투 소리가 점점 약해져서 마침내 멈추었을 때도 그는 움직이지 않았다.

하지만 숲 속에서 한 명이 모습을 드러내자 그는 고개를 들었다. 멀리 성준이 검을 들고 온몸과 갑옷이 상처투성이인 채로 자신에게 걸어오고 있었다.

그는 성준을 보고 미소를 지었다. 안느를 조금 빨리 볼 수 있을지도 몰랐다. 그는 구슬을 주머니에 넣고 몸을 일으켰다.

숲 속의 전투는 치열했다.

일행은 숲으로 들어가서 성준의 지시하에 모두 나무 위로 올라갔다. 그리고 야키는 결계를 펼쳐 비전투 인원인 빈센트와 베르거 교수를 보호했다. 나머지 사람은 나무 위에 몸을 숨기고 전투에 돌입했다.

전투는 숲 속이라는 지형의 유불리로 승부가 판가름 났다. 가디언 기사들은 수백이 되는 인원이었지만 숲 속에서의 마상 전투는 능력자가 즐비한 이곳에서는 너무도 큰 약점이었다.

호기롭게 숲 속으로 말과 비슷한 몬스터를 타고 가디언 기사들이 뛰어들었다. 하지만 호영의 능력으로 몬스터들이 나무에 걸려 넘어지고 산드라가 능력을 사용해서 흙에 둘러싸여 발이 묶인 몬스터들로 인해 가디언 기사들이 낙마했다.

그리고 숲 속은 나무 위에서 궁수들이 말을 탄 기사를 공격하기에 너무나 좋았다. 특히 미리와 가람은 죽은 소영의 한을 푸는 듯 한 발의 화살로 가디언 기사와 몬스터를 관통해 버렸다. 그녀들이 활을 쏠 때마다 지우개로 지우듯 몬스터와 가디언 기사가 사라졌다.

마지막으로 마리아가 마비 독이 섞인 안개를 땅 위에 흐르게 해서 몬스터와 가디언 기사들을 잠깐이나마 멈추게 했다. 그리고 보람이 지상에 퍼진 안개를 얼려 얼음 알갱이로 만들어 사방으로 터뜨리자 수많은 가디언 기사와 몬스터들이 전투 불능이 되어버렸다.

몬스터에서 떨어진 가디언 기사들은 죽은 몬스터와 산 몬스터를 가리지 않고 방패로 세워 저항했고, 그들에게는 성준과 수리, 그리고 정 교관이 뛰어들었다.

성준과 수리는 마치 양떼에 떨어진 늑대들처럼 가디언 기사들을 학살해 나갔다. 잠시 뒤, 수리의 검에 마지막 가디언 기사의 목이 날아가며 전투는 끝이 났다.

성준은 고개를 들어 숲 밖을 바라보았다. 아직도 거대한 영기가 그 자리에서 움직이지 않고 있었다. 그 영기는 자신을 부르는 것이 분명했다.

성준은 주위를 둘러보았다. 그의 주위로 일행이 모여들고 있었다. 모두 다치고 지쳐 보였지만 눈빛은 살아 있었다.

성준은 미소를 지었다.

*　　　*　　　*

숲에서 걸어 나온 성준을 바라보며 대장 가디언 피오레는 말했다. 머릿속에서 가디언의 계약이 자신을 강제했지만, 그는 잠시나마 그것을 버텨냈다. 여파가 클 게 분명했지만 그는 별로 상관이 없었다.

"미안했어. 내가 당신의 능력을 과소평가했어. 아마도 그런 식으로 성장하는 당신의 능력 때문에 내 친구가 나 대신 당신을 적합자로 예언한 것인지도 모르겠어."

그는 성준에게 주머니 속의 구슬을 던져주었다.

"내 가디언의 영기보석이야. 저쪽에 그녀의 지팡이도 있으니 잘 사용해 줘."

잠시 지팡이가 있는 방향을 바라보던 피오레는 마지막으로 성준에게 말했다. 더 이상은 버티기가 힘들었다.

"내 인생은 80년 전에 끝이 났어. 내가 살던 별을 지키는 것으로 내 사명은 다 했어. 가디언이 자결할 수 없으니 평생을 이렇게 보낼 수밖에 없었는데 당신 덕분에 끝날 수 있을 것 같아."

그는 검을 만들어내고 자세를 잡았다.

"자, 성장한 네 능력으로 나를 죽여 봐."

피오레는 성준을 보고 눈을 빛냈다.

하지만 성준은 검을 든 손을 올려 전투 자세를 취하지 않았다. 단지 그를 바라보고 있었다. 그리고 자세를 잡은 피오레를 향해 이야기했다.

"당신과 상대하는 것은 내가 아니야."

그가 나온 숲에서 사람들이 걸어 나오기 시작했다. 모두 전투로 지저분한 모습이었지만 굳건한 눈빛은 피오레를 향해 있었다.

"당신과 상대하는 것은 우리야."

성준의 일행이 성준을 앞에 세우고 전투 진형을 갖추었다.

그 모습을 놀란 눈으로 보던 피오레는 자신의 별에서 같이 다니던 예언을 즐기던 친구가 생각났다. 그는 자신을 보고 항상 이렇게 충고했다.

'너 혼자서는 아무리 강해도 저 악마들을 모두 없앨 수 없어!'

그는 그 당시 이 말을 이해하지 못했다. 결국 자신의 별에 생긴 몬스터 홀을 홀로 거의 파괴했고, 안느의 도움이 있었지만 혼자서 자신의 별을 지켜내지 않았던가. 그는 가디언이 된 이후로 친구의 말을 잊어버린 상태였다.

하지만 지금 그는 친구의 말을 이해할 수 있었다. 눈앞의 저 남자가 자신과 다르게 예언의 사람이 될 수 있던 이유도 이제야 정확히 알 수 있었다.

피오레는 미소를 지으며 검에 영기를 주입하기 시작했다. 성준도 자신의 검에 영기를 주입했고, 성준 일행은 능력을 준비하기 시작했다.

그리고 그들은 격돌했다.

전투는 한참 동안 계속되었다. 성준과 피오레는 거의 비슷한 실력이었다.

성준은 피오레의 검술을 복사하는 데 성공했고, 거기다가 자신의 능력들과 검의 능력이 피오레를 능가했다. 하지만 피오레도 생명력을 소진하는 듯한 영기의 광폭한 소모와 성준과 다른 완숙한 검술 실력은 성준의 다른 능력을 상대하기에 충분했다.

*   *   *

하지만 둘은 서로 다른 점이 있었다.

*   *   *

한참을 근접해서 고속으로 싸우던 성준과 피오레는 서로에게 강하게 검을 휘둘렀고, 둘은 반대 방향으로 튕겨 나갔다.

그 모습을 보고 정 교관이 일행에게 소리쳤다.

"적을 잡아요! 그리고 제압 공격!"

피오레의 주변 땅이 밑으로 푹 가라앉았다. 가라앉아 구덩이가 된 땅 위에서 가시나무가 구덩이 속으로 순식간에 뻗쳐 나갔다. 호영의 능력이었다. 위쪽에서는 얼음 창들이 구덩이 속으로 쏘아졌다.

다른 일행은 위쪽을 향해 쇠뇌와 활로 화살을 쏘아 올렸다. 수십 개의 활이 하늘로 치솟았다.

쾅!

피오레는 가시나무를 뚫고 구덩이에서 빠져나왔다. 그리고 자신에게 쏘아지는 얼음 창을 갈라 버렸다. 피오레의 눈이 차갑게 가라앉았다. 지금은 좀 전 가디언 계약의 방해로 인한 반발로 피오레의 인성이 뒤로 밀려나 버린 상태였다.

그는 자신을 공격한 일행을 찾았다. 그런데 일행이 있던 자리에는 빈 공터만이 존재했다. 그리고 그에게 화살 폭격이 쏟아졌다.

콰콰콰쾅!

피오레는 급하게 몸을 웅크려 폭발에서 급소를 지켰다. 하지만 여러 곳에 상처가 나는 것을 피할 수는 없었다. 그런 그에서 성준이 달려들었다.

야키의 결계 속에서 일행은 한숨을 내쉬었다. 다행히 들키지 않은 모양이다. 일행은 정신을 집중하고 있는 야키에게 엄지를 들어 보이고 조금씩 자리를 이동하기 시작했다. 야키는 육체 능력을 가진 헤라에게 안겨 일행과 같이 움직였다. 헤라는 그 와중에 여자를 안은 것에 투덜거렸다.

*　　　*　　　*

첫째로 성준에게는 피오레에게 없는 일행이 있었고, 성준은 그들을 신뢰했다.

*　　　*　　　*

결국 일행의 방해로 계속해서 성준에게 손해를 보게 된 피오레는 자신의 영기 폭주가 얼마 남지 않은 것을 깨닫고 성준에게 방어를 도외시하고 달려들었다. 성준이 방어하면 역전시킬 생각이었다. 그는 자신의 영기 폭주로 인한 회복력을 믿었다.

성준과 피오레는 서로를 향해 검을 겨눴다. 피오레는 자신에게 날아오는 검을 무시하고 성준의 목을 향해 검을 휘둘렀다.

성준의 목을 향해 검이 날아왔다. 성준은 검을 향해 반대편 손을 들어 올렸지만, 그는 검의 궤도를 바꾸지 않았다. 성준의 검은 피오레의 팔을 향해 날아갔다.

서걱!

피오레는 급하게 피했으나 결국 손목이 잘려 나갈 수밖에 없었다. 하지만 성준의 피해는 더 컸다. 목을 막기 위해 들어 올린 팔과 가슴 일부까지 절단되어 버린 것이다. 성준은 고통을 무릅쓰고 피오레를 발로 찼다. 피오레는 검으로 성준의 발을 막았으나 성준은 능력을 사용해 허공을 박찼다.

성준은 피를 뿌리며 뒤로 쏘아지더니 공중에서 몸을 회전했다. 성준의 몸이 두 개로 보였다. 그리고 그의 몸이 빛에 휩싸였다. 빛이 사라지고 땅에 고랑을 만들며 착지한 성준의 잘린 팔과 가슴은 이미 멀쩡해져 있었다. 성준의 옆구리에 하은이 매달려 있었다. 성준이 하은을 소환한 것이다.

성준이 한 손을 앞으로 하고 피오레에게 몸을 날렸고, 급하게 한쪽 팔을 지혈한 피오레가 검을 들어 성준의 공격을 방어했다. 하지만 그때 피오레는 등 뒤가 갑자기 서늘해지는 것을 느꼈다. 그의 등에서 피가 치솟아 올랐다.

피오레는 급하게 몸을 돌리며 검을 휘둘렀지만, 그곳에는 자신을 공격한 사람의 모습이 보이지 않았다. 단지 검 한 자루가 10여 미터 떨어진 여성에게 돌아가고 있었다.

그런 그에게 성준이 달려들었고, 한쪽 손이 절단되고 등에 많은 출혈이 일어나고 있던 그는 성준에게 일방적으로 몰리기 시작했다.

그리고 성준을 치료한 하은은 자신에게 날아온 수호룡에

게 매달려 하늘로 치솟아 올랐다. 그곳에는 미리 공중으로 피한 수리가 하은과 주디가 타고 오는 수호룡을 기다리고 있었다.

＊　　　＊　　　＊

마지막으로 성준을 따르는 헌신적인 가디언들이 있었다.

＊　　　＊　　　＊

결국 많은 부상으로 피오레는 더는 성준의 상대가 될 수 없었다. 급격한 출혈로 피오레는 생명력을 터뜨려 사용한 자신의 영기가 모두 소진된 것을 느꼈다. 성준의 주먹에 튕겨져 나간 그는 땅에 처박힌 채로 조용히 하늘을 바라보았다.

성준도 그의 영기가 모두 사라져 가는 것을 느끼고 있었다. 성준은 하늘을 바라보는 피오레의 옆으로 다가갔다.

그는 눈을 돌려 성준을 바라보았다. 죽음이 다가오자 가디언의 계약은 모두 정지되는 것이 느껴졌다. 그는 마음 편하게 성준에게 이야기했다.

"내 검술은 일인 전승이야. 내 대에 끊어질 줄 알았는데 다시 이어지게 될 줄 몰랐네. 스승님도 좋아하시겠어."

그의 몸에서 영기가 새어 나오기 시작했다. 그는 자신의 이야기를 그만두었다. 대신 그는 성준의 뒤에 서 있는 가디언들을 보았다. 피오레는 그녀들을 보고 미소를 지었다.

"능력 있는 남자네. 가디언들을 소중히 대해줘."

그 말을 끝으로 그는 영기가 되어 사라졌다. 그 자리에 구슬 하나가 놓여 있다. 6레벨 구슬이었다. 성준은 구슬을 집어 들어 여성 가디언의 구슬이 들어 있는 주머니에 집어넣었다.

주머니에서 두 개의 구슬이 부딪쳐 맑은 소리를 내었다.

성준은 뒤를 돌아보았다. 수호룡에서 내려 자신에게 다가오는 가디언들의 모습이 보였다. 그 뒤로 야키의 결계를 풀고 나온 일행이 있었다. 성준은 무사한 모두의 모습을 보고 미소를 지었다.

하지만 그는 다시 표정을 굳혔다. 아직 눈앞에 성이 있었다. 이제 시간이 얼마 안 남았다. 빨리 진입해야 할 것 같았다.

성준은 성을 향해 고개를 돌렸고, 눈앞에 펼쳐진 광경에 표정이 어두워졌다.

성 밖으로 셀 수 없을 정도로 많은 가디언 병력이 진형을 갖추고 있었다. 대충 보아도 수천 명은 되어 보였다. 전면에 갑옷을 입고 강철 방패를 든 가디언과 그 뒷줄부터 가죽 갑옷을 입고 창을 든 가디언들이 길게 늘어서 있었다. 그 뒤에는 화살을 든 가디언들이 있었다. 말을 타고 다른 가디언들을 지휘하는 가디언들과 구슬이 하나 박힌 지팡이를 들고 있는 가디언들도 보였다.

성준의 고민이 더욱 깊어갔다.

성 앞에는 엄청난 수의 가디언 군대, 그리고 진입이 발각되면 던전을 자폭시키는 성벽이 있었다. 남은 시간은 몇 시간 안 되는 상황. 일반적인 방법으로는 해결할 수가 없었다.

성준은 감각을 확장해서 방법을 찾아보았다. 그리고 결국 성준은 결정을 내렸다.

일행은 조용히 숲으로 물러났다. 그러자 성벽 앞의 대부대가 둘로 갈라졌다. 부대 중 반은 일행을 따라 전진하기 시작했고, 나머지 반은 자리를 넓혀 전진한 부대의 빈자리를 채우기 시작했다.

반이 빠져나왔지만, 아직도 성벽 앞의 가디언의 숫자는 천명이 훨씬 넘어 보였다.

전진하는 가디언의 부대는 숲을 향해 다가왔고, 성벽 앞의 가디언 부대는 진형을 더욱 단단하게 만들었다.

성준은 자신의 가디언들과 빈센트, 베르거 교수와 함께 주디의 수호룡을 타고 성벽을 날아 넘었다. 수천의 가디언과 던전의 파괴를 위해 감시 장비를 활성화한 성벽은 이들을 알아차리지 못했다.

날아가는 수호룡의 주위로 야키의 반투명한 결계가 빛나고 있었다.

성벽에 둘러싸인 도시는 5층 정도의 건물로 가득 찬 방사형의 모습이었다. 중앙에서 사방으로 도시가 뻗어 나가 마지막으로 적을 막기 위한 성벽을 쌓은 모습이었다.

성준은 수호룡을 타고 성벽을 넘어가며 밑의 성벽을 내려다보았다. 수천이 넘는 성벽 앞의 병력 외에도 성벽 위에 또 엄청난 수의 궁사들이 있었다. 결계 없이는 날아서 성벽을 넘기도 쉽지 않아 보였다.

주디의 수호룡은 조용히 도시의 중심을 향해 나아갔다. 그곳에는 거대한 기둥이 솟아 있었다. 창만 있으면 탑이라고 칭할 만큼 크고 거대한 기둥이다. 하얀색의 기둥은 그동안의 다른 던전에서 본 어떤 기둥보다 크고 높았다.

도시의 중심은 탑을 감싸는 거대한 광장으로 이루어져 있었다. 광장엔 아무도 보이지 않았다. 아니, 도시 전체에 전투 병력을 제외하고는 아무도 보이지 않았다.

하지만 성준의 감각에는 가디언들의 영기가 잡혔다. 수만의 영기가 도시의 건물 안에 있는 것이 느껴졌다. 다른 던전과 마찬가지였다. 이곳도 일반 가디언은 전투 시에 건물 안에 들어가 정지되어 버리는 것이다.

덕분에 수호룡은 아무런 방해를 받지 않고 도시의 중앙 광장에 내려앉을 수 있었다. 성준은 능력을 사용하고 있는 야키를 품에 안았다. 그리고 가디언들과 베르거 교수, 빈센트가 수호룡에서 내렸다. 그 뒤 수호룡은 작아져 주디의 어깨에 앉았다.

결계 안의 일행은 주위를 두리번거리면서 정면에 보이는 하얀 기둥을 향해 다가갔다. 기둥에는 커다란, 열린 문처럼 보이는 구멍이 있었다. 성준은 일행을 이끌고 구멍 안으로 들어갔다. 그 안은 텅 비어 있었고, 중앙에 홀로 서 있는 귀환 기둥이 보였다.

귀환 기둥은 깨끗했다. 아무도 이 귀환 기둥에 글을 쓰지 못한 것 같았다.

성준은 어떻게 된 일이지 알 수 있었다. 자신들처럼 결계를 사용하지 못한 귀환자들은 이 성벽을 넘는 순간 던전과 함께 소멸당한 것이 분명했다. 그리고 던전은 다시 재구축됐을 것이다.

성준은 귀환 기둥에 영기분석을 사용했다.

―공간 이동 장치.

―외부 싱크홀로 이동, 중앙제어실 이동 선택 가능.

―현재 제어가 풀려 있어 이동 불가능.

다른 던전의 귀환 기둥과는 다른 상태였다. 악마 가미긴이 죽은 영향인지, 제어 던전이라 다른 던전과 다른지 알 수가 없었다.

성준은 베르거 교수를 돌아보았다. 교수의 도움이 필요했다.

성준의 이야기를 들은 베르거 교수는 자신의 영기를 귀환 기둥에 접속시켰다. 그리고 잠시 뒤 귀환 기둥이 빛을 뿜기 시작했다.

"10초가 지나면 이동할 걸세."

성준은 고개를 끄덕이고 검을 들어 올려 기둥에 글을 남겼다.

귀환자 조합, 몰래 들어옴.

그는 자신의 글을 보고 피식 웃었다. 그들은 빛과 함께 기둥에서 사라졌다.

*　　　*　　　*

정 교관은 어느새 숲 앞으로 다가온 병사들의 모습에 긴장하고 있었다. 숫자가 너무나 많았다. 수천의 병사가 숲으로 쏟아져 들어오면 감당이 안 될 것이 분명했다.

남은 귀환자 조합 일행 모두가 긴장하고 있을 때 멀리 도시 중심에서 빛이 뿜어져 나왔다.

그리고 온 세계에 울리는 목소리가 있었다.

[던전이 초기화됩니다.]

숲으로 막 진입하려고 하던 병사들이 걸음을 멈추었다. 그리고 그들은 표정없이 몸을 돌리더니 도시를 향해 걸어가기 시작했다. 도시 밖에서 진을 치고 있던 다른 병사들도 모두 도시 안으로 돌아갔다.

귀환자들과 가디언 기사들과의 전투로 파괴되었던 숲도 모두 원상태로 돌아왔다.

정 교관은 자신의 팔뚝을 내려다보았다. 경험치가 던전을 들어올 때의 숫자로 돌아갔다. 성준과 그의 가디언들이 무사히 이동한 것이 분명했다.

정 교관은 나무에 기대앉아 담배를 꺼내 들었다. 자신들의 역할은 끝났다. 이제 성준이 무사히 시간 안에 일을 해결하기를 기다리는 것만 남았다.

"숲에서는 금연이에요."

정 교관은 눈앞에서 사라진 담배에 눈을 끔벅였다. 헤라가 담배를 뺏어 들고 정 교관을 노려보고 있었다.

　빛이 사라지고 성준이 본 광경은 예상과 달랐다. 보스존의 초기 지역을 볼 것으로 생각했지만, 눈앞에 보이는 광경은 상상 이상이었다.

　잠실 운동장만 한 거대한 공간에 문양이 가득했다. 높은 천장 아래 천장을 가득 덮은 문양과 벽에도 문양이 가득했다. 문양은 서로 빙글빙글 돌기도 하고 이동해서 다른 문양과 연결되기도 했다.

　성준과 일행은 광장의 한쪽 구석에 있는 문양 위에 있었다. 성준은 광장의 중심을 바라보았다. 그곳에는 복잡한 문양이 여러 층으로 쌓여 있는 제단이 보였다. 아마 그곳이 이 제어실의 중앙 통제장치인 모양이었다.

　이곳이 성준이 목표로 한 곳이 맞는 것 같았다. 하지만 마지막까지 난관이 준비되어 있었다. 제단 앞에는 3m 정도의 몸 전체가 검은색으로 이루어진 인간형의 몬스터가 있었다. 일행이 들어오자 몬스터의 눈이 빛이 났다.

　성준은 바로 몬스터의 정보를 확인했다.

　ㅡ관리국 소속 아바타.
　ㅡ6등급.

―관리국 소속 던전 관리용 아바타 A형.

―영기 봉술 레벨 5, 영기 창술 레벨 5, 이동속도 증가 레벨 5, 피부 강화 레벨 5, 손톱 강화 레벨 5, 비행 레벨 5.

―약점: 평균치 이상의 능력, 특별한 약점 없음.

―본체: 관리국 관리관.

―제어 장치 방어용. 자아 없음.

평범한 6레벨 보스 몬스터였다.

성준은 자신의 어이없는 생각에 웃음이 나왔다. 자신이 언제부터 6레벨 보스 몬스터를 이렇게 무시하고 있었단 말인가.

하지만 성준의 눈에는 앞에 보이는 보스 몬스터가 정말 평범해 보였다. 정보 분석으로 분석되는 몬스터의 정보도, 몬스터의 몸 안에서 느껴지는 영기의 흐름도 정말 평범했다. 악마 가미긴을 상대하고 좀 전 엄청난 검술의 가디언도 상대한 자신에게 눈앞의 몬스터는 단순한 몬스터일 뿐이었다.

보스 몬스터는 눈을 빛내며 일행을 향해 걸음을 옮기기 시작했다.

"등.록.되.지. 않.은. 생.명.체. 침.입.자!"

보스 몬스터는 기계적인 목소리를 내뱉으면서 성준과 일행을 향해 걸음을 옮겼다. 성준도 몬스터를 향해 마주 걸어갔다.

보스 몬스터는 한 손에 창을 꺼내 들었고, 다른 손에서는 손톱이 길어지면서 빛이 났다. 성준도 검을 꺼내 들었다.

그리고 둘은 상대를 향해 달려나가 가운데에서 부딪쳤다.

보스 몬스터는 성준을 향해서 창을 위에서 아래로 내려쳤지만, 성준은 창의 흐름을 타고 피해 있었다. 창은 바닥을 후려쳤다.

쾅!

성준은 어느새 몬스터의 앞에 접근해 있었다. 성준의 속도에 기겁한 보스 몬스터는 이동속도를 증가시키면서 손톱으로 몸을 방어했다.

서걱!

몬스터의 손톱과 손가락 태반이 잘려 나갔다. 보스 몬스터의 방어 능력은 소용이 없었다. 영기의 약한 부분을 공략할 수 있는 성준에게는 방어 능력은 크게 의미가 없었다.

손가락이 잘려나간 보스 몬스터는 비행 능력을 사용해 미친 듯이 위로 치솟아 올랐다. 성준을 떨구기 위해서였다. 하지만 공중에서도 성준이 한 수 위였다.

보스 몬스터가 위로 올라와 밑을 내려다보았지만, 성준은 그곳에 없었다.

순간 보스 몬스터는 머리에 큰 충격을 받고 밑으로 떨어졌다. 보스 몬스터가 있던 자리 위에 성준이 주먹을 쥐고 있었다.

보스 몬스터는 바닥에 큰 폭음을 내며 추락했다.

실력 차를 느낀 보스 몬스터는 몸을 웅크린 채로 급하게 몸의 변형을 시작했다. 보스 몬스터의 주변에 방패 능력이 형성되더니 몬스터의 몸이 변형되기 시작했다.

보스 몬스터의 몸이 철벽처럼 단단해지기 시작했다. 절대 방어 능력이었다. 이 능력이 있으면 절대 지지는 않을 것이다. 변형이 끝나자 보스 몬스터 주위의 방패 능력이 사라졌다.

웅크리고 있던 보스 몬스터는 몸을 폈다. 그런 보스 몬스터의 눈에 사람의 모습이 보였다. 성준이었다. 어느새 성준이 보스의 방패 능력 안에 들어와 있는 것이다.

하지만 보스 몬스터는 안심했다. 이미 절대 방어가 완성된 것이다. 이 변형 상태에서는 절대 타격을 받을 염려가 없었다.

그런 보스 몬스터를 향해 성준이 검을 휘둘렀다. 검은 보스 몬스터의 목을 지나갔다. 그 부분은 절대 방어의 단 하나의 약점인 영기의 단절 부분이었다.

보스 몬스터의 머리가 허공을 날았다.

"전에 한번 봤어."

성준은 한심하다는 듯이 뒤로 넘어가는 보스 몬스터를 바라보았다.

보스 몬스터의 영기가 성준을 향해 쏟아졌다. 보스 몬스터가 쓰러지자 다른 사람들은 급하게 중앙의 제단을 향해 달려갔다. 성준도 보스 몬스터에게서 떨어진 구슬을 집어 들고 제단으로 향했다.

성준은 재단 위에 가장 밝게 빛나는 문양을 영기분석 해보았다.

─43지구 3행성 중앙 제어 시스템.
─던전 조율자의 업무 이관으로 자율 진행.
─하부 시스템 모두 자율 진행 중.
─관리자 부재로 시스템 잠김.

성준의 표정이 어두워졌다. 전에 야키의 별에서 본 문양과 같은 상황이었다. 성준은 급하게 베르거 교수에게 내용을 이야기해 주었다.

베르거 교수는 성준의 이야기를 듣고 심각한 표정이 되었다. 그리고 급하게 자신의 영기를 눈앞의 문양에 연결했다.

잠시 뒤 베르거 교수는 어두운 표정으로 자신의 영기를 거두어들였다.

"전하고 같네. 내 능력으로는 안 돼. 문양의 관리자가 직접 열어야 해."

베르거 교수의 말에 모두의 표정이 어두워졌다. 남은 시간이 얼마 없는 상태에서 준비한 방법이 실패한 것이다.

하지만 성준의 표정은 밝아졌다. 문양의 관리자는 존재했다. 그는 바로 구슬 하나를 소환했다. 회색으로 일렁거리는 구슬을 성준은 다시 한 번 확인했다.

─영기보석 던전 조율 레벨 6.
─레벨 6 영기 성장치 100 검투사를 7레벨 검투사로 만듦.
─레벨 7 이하의 검투사의 영기 성장치를 증가시킴.
─던전 관리 능력을 부여함.
─적용 방법: 먹기.

악마 가미긴의 영기 구슬이었다. 성준은 그동안 자신의 성장치가 낮아 이 영기 구슬에 특별히 의미를 두지 않았다.

하지만 지금은 아니었다. 성준은 자신의 팔을 내려다보았다. 그곳에는 자신의 성장치가 적혀 있었다. 41이었다. 이 던전에 들어와 6레벨 가디언 한 명과 6레벨 보스 몬스터의 영기를 얻은 것이다.

그는 자신이 가지고 있는 6레벨 구슬을 모두 꺼냈다. 방금 보스 몬스터에게 얻은 손톱 강화 6레벨 구슬, 그리고 야키의 별에서 얻은 구슬들 중 마지막 남은 푸르손의 영기 제어 구슬, 마지막으로 6레벨 가디언이 남겨놓은 영기 검형 구슬이었다. 모두 하나하나가 대단한 능력의 구슬이었다. 하지만 수억의 목숨과는 바꿀 수 없었다. 성준은 구슬을 하나씩 입에 넣기 시작했다. 구슬은 하나에 20씩 성준의 성장치를 밀어 올렸다.

구슬을 먹고 난 후 성준의 성장치는 100이 되었다. 그리고 모두의 기대 어린 눈길을 받으며 성준은 악마 가미긴이 남긴 구슬을 입에 넣었다.

고통이 몰아치며 성준의 머릿속에 수많은 문양이 나타났다가 사라졌다. 구슬은 성준의 머리에 문양의 정보를 주입했다.

잠시 뒤 성준은 눈을 떴다.

반짝이는 눈으로 자신을 바라보는 사람들을 향해 성준은 미소를 지었다.

"될 것 같습니다."

빈센트는 두 손을 번쩍 들었고, 가디언들은 안도의 한숨을 내쉬었다.

"그럼 빨리하게나. 시간이 부족하네."

하지만 베르거 교수는 더욱 안달이 난 모습이다. 한시가 급한 상황이었다. 그의 말에 성준은 눈앞의 문양에 손을 올렸다. 성준의 영기가 문양과 접속되었다.

광장 주변의 모든 문양이 색이 변하며 움직임이 바뀌었다. 그리고 천장이 있던 거대한 문양이 작게 축소되어 성준에게 흡수되었다.

성준은 던전 관리 권한을 돌려받았다.

잠시 눈을 감고 던전의 제어 방법을 확인한 성준은 허공을 향해 손을 움직였다.

성준의 주변에 수십 개의 화면이 떠올랐다. 화면에는 수많은 글자와 그래프가 움직이고 있었다. 성준은 한 번 더 손을 움직였다. 광장의 천장에 수백 개의 화면이 생성되었다. 모두 지구에 있는 몬스터 홀의 모습이었다.

성준은 주변의 사람들을 돌아보았다. 수리, 하은, 주디, 자신의 가디언들과 베르거 교수, 빈센트가 손을 꼭 쥐고 자신을 바라보고 있었다.

성준은 지난 시간이 머리에 지나가는 것이 느껴졌다. 겨우 여기까지 온 것이다.

성준은 들어 올린 손을 전방의 화면을 향해 활짝 폈다.

*　　　*　　　*

조 실장은 눈앞의 몬스터 홀을 바라보았다. 이곳은 안양 시내의 한 공원이다. 조 실장은 넘버 피플의 마지막 날이 오자 귀환자 조합의 모든 인원에게 휴가를 주었다. 그들 중에 가족이나 친구, 혹은 사랑하는 사람이 넘버 피플이 되었을지도 몰랐다.

아니, 한국의 거의 모든 회사가 쉬었고 전 세계가 멈추었다.

사람들은 실낱같은 희망을 안고 자신들을 넘버 피플로 만든 몬스터 홀 주변으로 모여들었다. 그들의 가족, 친구 등 모두가 몬스터 홀로 모여들었다.

전 세계 방송은 아직도 성준과 귀환자 조합 사람들이 몬스터 홀로 들어가는 모습을 방송하고 있었다. 각국 정부는 사람들의 소요를 막기 위해 필사적으로 성준 일행의 모습을 방송하고 있었다.

하지만 이곳에 모인 대다수 사람은 반쯤 포기한 모습이었다. 이제 손목의 숫자가 1로 변해 있었다. 그들은 가족과 작별을 하기도 하고 조용히 서로 껴안고 있기도 했다. 조용히 훌쩍거리는 사람도 있었지만 수만 명 이상이 모인 이곳은 너무나 조용했다.

조 실장은 아직도 포기하지 않았다. 차도를 가득 메운 사람들을 보던 그는 갑자기 사람들이 웅성거리는 소리에 고개를 돌렸다.

땅이 조금씩 흔들리고 있었다.

공기의 흐름이 바뀌었다. 땅의 진동이 더욱 커지자 사람들은 당황해서 더욱 서로를 껴안았다.

조 실장의 얼굴이 미소가 피어났다. 그는 이런 현상에 대해 들어본 적이 있었다. 조 실장은 몬스터 홀을 향해 고개를 돌렸다.

몬스터 홀에서 검은 연기가 뿜어져 나오기 시작했다.

외부 던전이 만들어질 때처럼 엄청난 모습은 아니었지만, 영기는 하늘을 향해 분수처럼 치솟아 올랐다.

그날 전 세계의 몬스터 홀에서 영기가 뿜어져 나왔고, 죽음 직전의 수억의 넘버 피플은 구원을 받았다.

에필로그

4년 뒤, 지구

모든 몬스터 홀에서 영기가 뿜어진 그 날, 지구의 모든 사람들은 기적을 보았다. 수많은 사람이 구원을 받았고, 성준과 그의 귀환자 조합을 칭송했다. 몬스터 홀에서 무사히 돌아온 그들은 끝없는 환영에 진절머리를 냈다.

하지만 모든 일이 해결된 것은 아니었다. 아직 몬스터 홀 자체는 사라지지 않았고 넘버 피플도 남아 있었다. 그리고 악마들의 공격이 다시는 없을 것이라는 보장도 없었다.

그리고 세상이 변했다.

몬스터 홀에 들어가지 않아도 넘버 피플과 귀환자들은 살아갈 수 있었지만, 사람들은 생명을 걸고 몬스터 홀에 뛰어들었다.

그리고 그들이 들고 나온 구슬로 인해 세상은 전과 다르게 변해갔다.

전 세계에 영기 발전소가 세워지고 기존 발전소들은 사라지기 시작했다. 각종 실생활에 필요한 구슬들이 고가에 거래되고 사용되었다. 구슬을 사용하기 위해서는 영기가 필요했지만, 전 세계 도시에 무한으로 영기가 뿜어져 나오는 곳들이 있었다.

그리고 영기가 없는 곳에서 구슬을 사용하기 위해 영기회복석도 활발히 거래되었다.

이 모든 것이 사람들로 하여금 몬스터 홀로 뛰어들게 하는 이유였다.

그 가운데 국제귀환자연맹의 위상은 절대적으로 높아져 갔다.

3년 전 외부 던전 사태로 전 세계가 위기에 빠졌을 때 성준이 없는 틈을 타 연맹의 기능을 제한한 전 세계의 국가들은 성준이 돌아와 위기를 해결하자 모두 사과했다.

위기가 해결된 정도로 정부들의 생각이 바뀔 리가 없었다.

하지만 성준이 모든 몬스터 홀을 조종할 수 있다는 것을 밝히자 모든 것은 바뀌었다.

절대적인 능력을 갖춘 성준에게 모든 국가는 한발 물러날 수밖에 없었다.

그리고 국제귀환자연맹의 의장은 계속해서 한국 귀환자 조합에서 맡게 되었다. 한국 귀환자 조합의 조합 건물인 드래곤 캐슬은 결국 국제귀환자연맹의 본부를 겸하게 되었고, 여의도는 귀환자들의 도시처럼 변해 버렸다.

덕분에 성준은 좌절해서 숙소를 옮기고 말았다.

이제 국제귀환자연맹과 드래곤 캐슬은 국가 이상의 권한을 가진 세상에서 가장 강력한 국제기관이 되었다.

"연설까지 3분 남았습니다."

조 실장은 연맹 의장에게 남은 시간을 이야기해 주었다.

의장은 아직도 양복이 불편한지 몸을 움직였다.

"움직이지 마요. 이거 구하느라고 정말 고생했어요."

헤라는 넥타이를 다시 조정해 주면서 한마디 쏘아붙였다.

정주호 의장은 다시 한 번 도망가 버린 성준에게 투덜거릴 수밖에 없었다.

자신도 이런 일은 정말 적성에 안 맞았다. 그는 이 일을 맡길 만한 사람이 없는지 다시 한 번 머릿속으로 인명록을 뒤지고 있었다.

결국 시간이 되었다. 정 의장의 정면 문이 활짝 열렸다. 눈앞에 보이는 수많은 사람을 보며 그는 자신의 안대를 다시 한번 고쳐 썼다. 간만에 담배 생각이 났다.

그는 수많은 카메라 플래시 세례를 받으며 앞으로 걸어갔다.

연설회장으로 들어가는 정 의장의 모습을 흐뭇하게 바라보고 있는 헤라에게 미영이 다가갔다.

"눈은 왜 아직 고치지 않았어요? 하은이 고칠 수 있잖아요?"

미영은 안대를 하고 걸어가는 정 의장의 모습에 그동안 궁금하던 내용을 헤라에게 물어보았다.

"전우를 잊지 않기 위해서라고 해요. 그동안의 싸움에서 죽어간 전우를 잃어버린 눈에 새겨 넣었대요."

미영은 헤라의 말에 고개를 끄덕였다.

"남자들의 무게 잡는 이야기예요. 내가 기필코 고치고 말거예요."

하지만 이어지는 헤라의 말은 미영의 입에서 절로 쓴웃음이 나오게 했다. 결국 미영은 말을 돌리고 말았다.

"요즘은 같이 잘 다니던데, 어때요?"

미영의 말에 혜라의 입이 툭 튀어나왔다.

"이제 애인 비슷하게 된 것 같은데 마지막 선을 안 넘어요."

"아무래도 다 잊지 못한 모양이네요."

혜라와 미영의 머릿속으로 아름다운 가디언의 모습이 스쳐 갔다.

"이래서 순정남은 짜증난다니까요. 올해 안에 기필코 넘어 뜨릴 거예요."

혜라는 이제 수많은 마이크 앞에 서서 발표를 시작하려는 정 의장을 바라보았다.

그리고 그녀들에게 한국 귀환자 조합의 조합장인 호영이 다가왔다.

정 의장은 카메라의 플래시에 적응하기 위해 잠시 눈을 감았다가 떴다.

그의 눈에 수많은 국내외 기자와 각국 정부 대표, 그리고 수많은 귀환자와 일반인들의 모습이 보였다.

이곳은 드래곤 캐슬의 한 층을 통째로 개조한 연설회장이었다. 오늘 정 의장은 국제귀환자연맹의 대표로 전 세계에 발표할 예정이었다.

정 의장은 다시 한 번 시계를 보았다. 이제 시간이 되었다. 그는 전방을 바라보며 입을 열었다.

"국제귀환자연맹 의장인 정주호입니다."

그는 잠시 주변에 인사를 전했다. 그리고 그는 바로 본론으로 들어갔다.

"인류 역사상 가장 비극적인 사건이자 지금도 진행 중인 몬스터 홀 사건이 발생한 지도 벌써 4년이 지났습니다. 그동안 수많은 사람의 희생으로 우리는 살아남았습니다."

정 의장은 잠시 눈을 감았다. 그의 눈에 그동안 죽어간 사람들이 스쳐 지나갔다. 그는 다시 눈을 떴다.

"살아남은 우리는 몬스터 홀에 적응했고, 세상을 바꾸어 나갔습니다. 그리고 지금 세상은 몬스터 홀 이전의 경제를 복구하고 앞으로 나아가고 있습니다. 하지만 우리는 아직도 잠이 들면 비명에 깨어나는 밤을 보내고 있습니다."

그는 주변의 사람들을 돌아보았다. 모두 그의 입을 주시하고 있다.

"우리는 몬스터 홀을 우리 별에 보낸 악마들을 잊지 않고 있습니다."

조용한 가운데 기자들 사이에서 이를 가는 소리가 들렸다. 모두 그와 같은 심정이었다.

"모두 아시겠지만 우리는 경제를 복구하며 남은 모든 힘을 모았습니다. 그리고 드디어 그 결과가 나왔습니다."

그는 정면을 보고 선언했다.

"오늘 바로 이 시간에 국제귀환자연합과 국제연합군은 적의 영역으로 진군을 시작했습니다. 우리는 전쟁을 시작했습니다."

그를 향해 카메라 플래시가 쏟아졌다.

*   *   *

같은 시간, 55지구 제4행성(악마 제파르 담당).

도시의 하늘은 행성 전체를 감싸는 문양으로 인해 어둡게 보였다. 그리고 그 아래 먼지로 뒤덮인 항구 도시는 을씨년스럽기만 했다.

가끔 작은 몬스터들이 주위를 둘러보고 움직이고 있었지만, 어느새 사라져 버려 보이지 않았다.

고풍스러운 3층짜리 석조 건물들은 모두 반쯤 파괴되어 있고, 문명을 상징하는 조각들은 부서져 바닥에 흩어져 있었다.

이 거리는 벌써 수십 년 동안 이렇게 먼지로 덮여가고 있었다. 멀리 보이는 항구의 물도 고요하기만 했다.

갑자기 조용하던 거리에 어느 순간 흔들림이 느껴지기 시작했다.

쿠르르릉!

흔들림은 점점 커지고 땅 밑에서 커다란 울림이 들려왔다. 그리고 거리 중간의 바닥에서 빛이 뿜어져 나오기 시작했다. 그 빛은 하늘로 치솟았다가 갑자기 뚝 끊겼다. 빛이 나오던 지면이 밑으로 푹 가라앉았다.

항구도시 외곽에 싱크 홀이 생겼다.

잠시 거리가 조용했다. 놀라 도망간 작은 몬스터들이 고개를 들기 시작했을 때 싱크 홀에서 가죽 갑옷을 입은 한 명의 남자가 뛰어나왔다.

성준이었다. 4년이 지난 지금도 그의 외모는 변화가 없었다.

그는 눈을 가늘게 뜨고 주위를 둘러보았다.

"제대로 나온 게 맞네. 이 정도면 문제없어."

성준은 고개를 끄덕였다. 다행히 몬스터 홀은 예상 위치에 생성되었다.

성준과 베르거 교수는 그동안 지구와 야키의 별의 문양을 분석해서 악마들의 식민지 좌표를 찾아낸 것이다. 그리고 또 찾아낸 좌표로 이동진을 만들어내기 위해 엄청난 고생을 했다.

그 결과가 드디어 나온 것이었다. 다른 사람에게는 장담했지만, 성준과 교수는 조마조마한 상황이었다.

"자, 그럼 사람들을 불러볼까?"

성준은 몬스터 홀의 바닥을 향해 손을 뻗었다. 그의 영기와 몬스터 홀 바닥에 있는 문양이 동조하기 시작했다.

푸아아아악!

몬스터 홀에서 영기가 하늘로 뿜어졌다. 영기는 계속해서 엄청난 양이 쏟아져 나오는 나오더니 하늘에 문양을 만들어 내기 시작했다.

치지지직!

행성을 덮고 있는 문양과 새로 만들어지는 문양이 힘겨루기를 시작했다. 하지만 계속해서 퍼부어지는 영기 덕분에 결국 새로 만들어지는 문양이 승리했다.

도시를 감싸는 거대한 흰색의 문양이 도시의 하늘에 떠올랐다.

그리고 몬스터 홀 주변에 사람들이 나타나기 시작했다. 성준은 미소를 지었다. 그동안 자신과 같이한 사람들의 모습이 보였다.

아이들을 돌보기 위해 남은 산드라처럼 지구에서 할 일이 있어 남은 사람들도 있었지만, 많은 이들이 자신과 같이 이곳에 왔다.

사람들이 점점 늘어갔다. 야키와 얼굴에 문양이 있는 사람들도 보였다. 야키의 별에서 온 사람들이었다.

그렇게 많은 사람이 자리를 잡자 성준은 손을 들어 올렸다.

성준의 주변에 검은 영기가 뭉쳐지더니 그의 가디언들이 나타났다.

그들은 서로 마주 보며 미소를 지었다.

그때였다.

쿵! 쿵! 쿵!

갑자기 땅을 울리는 발소리가 들리더니 거대한 공룡이 보였다. 갑작스러운 소란에 놀라 달려온 이 도시의 최종 지배자였다.

그리고 사방에서 몬스터들의 괴성이 울려 퍼졌다. 흥분한 몬스터들이 날뛰기 시작한 것이다.

"쿠아아앙!"

이 도시의 지배자인 3레벨 엘리트 몬스터는 일행을 향해 괴성을 질렀다. 그리고 몬스터는 바로 답례를 받았다.

콰콰쾅!

하늘에서 날아온 벌컨포 공격에 몬스터의 몸이 휘청거렸다.

벌컨포는 몬스터 홀 상공에 떠 있는 전투 헬기에서 날아오고 있었다. 그 헬기 옆으로 다른 헬기들이 속속 모습을 드러내기 시작했다.

성준은 귀에 걸치고 있는 이어폰으로 상황을 확인했다.

"제1 비행 여단, 헬기에 문제는 없나요?"

―전혀 문제없습니다. 지구와 동일하게 조종 가능합니다.

성준은 새로 만들어진 머리 위의 문양을 영기분석으로 확인했다.

―영기 투영진―개조.

―진의 아래쪽에 기존 영기 투영진을 방해한다.

―영기를 사용해서 반대편 물체를 소환한다.

―화약 폭발 가능, 전기를 사용할 수 있게 유지한다.

베르거 교수의 고생이 보답을 받았다. 이제 적들과 총력전을 벌일 수 있게 된 것이다.

쾨콰쾅!

헬기들의 공격은 몬스터의 피부를 벌집으로 만들었고 몬스터는 쓰러지고 말았다. 하지만 헬기들의 공격이 너무 강했다. 아무리 많은 헬기가 공격했다고 하지만 절대 3레벨 엘리트 몬스터의 피부를 뚫을 정도는 아니었다.

성준의 이어폰에 연락이 왔다.

―화력 테스트도 문제없습니다. 영기보석으로 강화된 벌컨포는 예상 화력이 네 배 이상입니다.

3레벨로 레벨이 오른 빈센트는 일반 병기에 영기보석을 장착할 수 있게 되었다. 귀환자가 제어해야 했지만, 지구에는 넘버 피플이 수억이었다.

성준은 발을 굴러 건물 위로 올라갔다.

몬스터 홀 옆으로 계속해서 귀환자들과 군인, 그리고 장갑차와 전차가 빠져나왔다. 멀리 바다에서는 거대한 문양이 생겨서 전함들이 빠져나오고 있었다.

성준의 감각에 거대한 영기가 도시의 중심에서 움직이기 시작했다. 악마 몬스터였다. 그리고 악마 몬스터의 가디언들이 따라 움직였다.

성준도 손을 들어 올렸다. 사방의 건물 위로 사람들이 나타나기 시작했다. 성준이 소유한 던전의 가디언들이었다. 온몸에 문양을 한 가디언들, 그리고 아름다운 모습의 가디언도 보였다.

성준은 다시 아래로 내려왔다. 그의 주변으로 귀환자들이 몰려들었다.

"악마 몬스터가 움직입니다. 사냥 진형으로!"

일행이 진형을 만들기 시작했다.

환하게 빛나는 채찍을 든 4레벨의 주디가 4레벨 엘리트 몬스터가 된 수호룡을 타고 하늘로 날아올랐고, 그 옆에는 보람이 손에 수많은 보석이 박힌 지팡이를 들고 하늘에 떠 있었다. 그녀는 여성 가디언의 능력을 얻어 지팡이를 물려받을 수 있게 되었다. 그녀는 지구에서 가장 강한 마법사였다.

그리고 일행의 주변에 수많은 방패가 나타났다 사라졌다. 이제 자동으로 방어하는 방패 능력을 얻은 재식이었다. 재식의 잘린 팔은 치료가 되었는지 두 팔이 온전해 보였다. 재식의 옆에는 다행히도 마리아가 붙어 있었다.

그리고 두 명의 여고생, 아니, 이제 사회인이 된 미리와 가람의 모습도 보였다. 그녀들은 아직도 여고생 때의 모습이었다.

한쪽에 쭈그리고 앉아 부서진 조각품을 구경하고 있는 다희의 모습도 보였다. 그녀는 취미가 직업이 된 듯했다.

성준은 일행을 둘러보았다. 모두 1, 2레벨 이상이 올랐다. 5년이라는 기간에 비하면 높지 않은 성장이었지만 사실 5년 전의 성장이 비상식적이었다. 몬스터 홀의 레벨이 더는 높아지지 않고, 안전한 사냥을 해서 그랬을 수도 있었다.

멀리 악마 몬스터가 날아오는 모습이 보였다. 악마 몬스터는 무척이나 놀랐는지 얼굴이 일그러져 있었다.

성준은 검을 꺼내 들었다. 검에서는 빛이 뿜어져 나왔다. 그의 옆으로 수리가 성준과 나란히 섰다. 수리의 머리 위에 수십 개의 검이 뜬 채 그녀의 명령을 기다리고 있었다.

그리고 하은이 다른 쪽에 섰다. 성녀로까지 불리는 그녀의 한 손에는 전기 스파크가 일었고, 다른 손에는 광선을 쏘기 위한 예열 단계로 붉은빛이 머물고 있었다.

성준은 이어폰의 스위치를 올렸다. 그는 모든 사람에게 선포했다.

"인류연합군 총사령관 최성준입니다. 지금부터 반격을 시작합니다."

그리고 성준은 악마 몬스터를 향해 몸을 날렸다.

『몬스터 홀』완결

이모탈 퓨전 판타지 소설
FUSION FANTASTIC STORY
워리어
Warrior
최강의 병기 메카닉 솔져,
판타지 세계로 떨어지다!
서기 2051년.
세계 최초의 메카닉 솔져 이산은
새로운 세계에 발을 딛게 된다.
"나는… 변한 건가?"
차가운 기계에서 따뜻한 피가 흐르는 인간으로!
카이론의 이름으로 새롭게 시작하는
진정한 전사의 일대기!
Book Publishing CHUNGEORAM
유행이 아닌 자유추구 -
www.chungeoram.com

우각 新무협 판타지 소설

북검전기

FANTASTIC ORIENTAL HEROES

2014년의 대미를 장식할,
작가 우각의 신작!

『십전제』,『환영무인』,『파멸왕』…
그리고,
『북검전기』
무협, 그 극한의 재미를 돌파했다.

북천문의 마지막 후예, 진무원.
무너진 하늘 아래 홀로 서고, 거친 바람 아래 몸을 숙였다.

살기 위해! 철저히 자신을 숨기고
약하기에! 잃을 수밖에 없었다.

심장이 두근거리는 강렬한 무(武)!
그 걷잡을 수 없는 마력이,
북검의 손 아래 펼쳐진다!

독고진 장편 소설

FUSION FANTASTIC STORY

100마일
100MILE

160.9344km,
투수라면 누구나 던지고 싶은 공.

『100마일』

"넌 야구가 왜 좋아?"

야구가 왜 좋냐고?
나에게 있어 야구는 그냥 나 자신이었다.

가혹할 정도의 연습도,
빛나는 청춘도 바쳤다.
그리고 소년은 마운드에 섰다.

이건 역사상 최고의 투수를 꿈꾸는
어떤 남자의 이야기이다.

Book Publishing CHUNGEORAM